05
在座寫輕小說的各位，全都有病

# 在座寫輕小說的各位，全都有病 5

## 目錄

# 第一話　她衣櫃裡有老鼠的一〇〇個理由

「是的，我就是晨曦。」

月光無法逃離烏雲的籠罩，怪人社裡一片黑暗，我只能模模糊糊看見風鈴的身影。

同時，我也隱約察覺……風鈴的語氣似乎有些異樣。

若是平常，她應該會用「風鈴」來自稱才對。

……不過。

不過，此時的我將一切都拋諸腦後。

——多年以來追尋的晨曦，此時就在我的眼前，沒有比這更重要的事了。

我與晨曦從小學一直競爭到國中，既是勁敵也是戰友，兩人不斷參加寫作比賽，以數萬、數十萬、數百萬……乃至無窮無盡的文字構築兩人獨處的世界，同時也牽連起無法割捨的羈絆。

……如果是晨曦的話，說不定可以理解我吧？

……如果是晨曦的話，我即使繼續變強也沒有關係吧？

曾經一度站在寫作界巔峰的我，比誰都更瞭解……居於高處的落寞。

對於將寫作視為一切的人而言，那是會將眼中的世界……染為黑白的落寞。

無比單調，亦無比孤寂。

所以晨曦的存在，對於我來說，意義重大。

沒有晨曦，我找不到自身的寫作意義；沒有自身的寫作意義，那我柳天雲就失去了僅有的價值。

晨曦的出現，曾經讓我眼中的世界變得多采多姿。彷彿在黑白兩色的單調世界中，天際逐漸出現了彩虹。

那彩虹，就像是我的世界中……唯一的光。

只要追尋著那道彩虹，哪怕是身為獨行俠的我……也能露出幸福的笑容吧。

只要追尋著那彩虹，就算是像我這種除了寫作之外一無所有、活在孤獨中的傢伙……也能找到屬於自己的容身之地吧。

然而。

然而……如此卑微又渺小的冀望，卻被我自己親手摧毀。

親手將光芒阻絕，以無情的筆鋒將彩虹斬為兩半——當年汲汲於勝利的我，將自己的希望根源徹底葬送後，內心亦成為罪惡感的泉源……於寫作之道上、於我的世界中——再也看不見半絲色彩。

那是連黑白兩色……都不存在的混沌世界。

在那樣的混沌中，我度過了兩年，直到晶星人降臨占領C高中，幻櫻出現為止。

「你不像表面上裝出來的那麼愚蠢，現在表現出來的、傻子般的快樂，只是在掩飾你內心深處的孤獨。

「我們見面到現在總共二十分鐘，你笑過很多次，眼眸深處，卻沒有出現過半點笑意。」

初見面時，幻櫻曾經對我這樣說。

那之後，幻櫻答應我，只要我再次復出，為她取得晶星人的願望……她就會告訴我，晨曦究竟是誰。

雖然我被迫拜師，一次又一次遭到這個名義上的師父耍弄；為了找到晨曦，我攻略過沁芷柔、攻略過風鈴、加入了怪人社，度過了一生中最狼狽的時日。

但是，幾個月後的今天，我終究靠自己的力量，找到了晨曦。

——這也是我真正意義上，第一次贏過幻櫻，入手屬於自己的勝利。

我深深吸了一口氣。

過去的回憶在剛剛一口氣翻湧而出，瞬間流遍我的腦海。

繼承了那份回憶，現在的我已經擁有面對難關的勇氣。

四周很暗，我必須走近才能看清風鈴。我向前走去，將我跟風鈴之間的黑暗逐步縮減。

我的腳步很沉重。

彷彿正在跨越的，不止是單純的距離……更是包含「晨曦」、「風鈴」這兩層關係的無形隔閡。

最終……我站到了風鈴面前。

此刻的風鈴，沒有綁起平常慣用的雙馬尾，而是任由滑順的紫色長髮披散而下。那份氣質的出眾，將她襯托得如同畫中人物般耀眼。

風鈴看起來非常可愛，楚楚可憐的氣質，令人有把她擁入懷中的衝動。

我吞嚥一口緊張的口水。

「風鈴……不，晨曦，妳願意原諒我嗎？」

我指的是當年的事。

風鈴以柔和的目光注視我，那眼神像水一般溫柔。不過，在那雙眸子的深處，似乎蘊含著一絲無比複雜、我無法讀懂的情緒。

安靜了片刻後，風鈴對我微笑。

「前輩……您願意原諒風鈴嗎？」

「……」

她並不回答我的問題，而是以相同的句子……對我進行提問。

這是什麼意思？

我想了想。一般來說，會以這麼柔軟的態度詢問，應該就是選擇原諒對方了。但是為了取得對方真正的諒解，我依舊不斷地道歉。

「當年的事真的很對不起，我、我不是故意要那樣獲勝的。現在的我不一樣了，我們重新開始好嗎？在怪人社，我們可以像以前一樣寫作，欣賞對方的作品……呃……雖然現在旁邊多了幾個怪人，不過她們也很有趣不是嗎？除此之外，我們還可以像從前一樣相處哦！」

一邊說明自己的想法，我以懷舊的語氣，向風鈴提起過去的事。

我們兩人曾經一起參加過的比賽實在太多，發生過的趣事更是說也說不完。

「啊，妳還記得之前有一次的作品題目是《我的朋友》嗎？那一次我在稿紙上寫下『獨行俠，是不需要朋友的』就交了過去，結果妳猜後來發生什麼事？」

我陷入了回憶中。

「過了一個禮拜，一個洋蔥頭髮型的總編輯忽然帶著兩個編輯來找我。也不知道是哪間月刊的人，他們竟然向我父母說，請柳天雲不要亂寫，這樣會造成他們審稿上的困難。

「後來我才知道，似乎是因為我每次都拿冠軍，他們審稿起來很省事，所以特別喜歡我參賽……還真是偷懶呢。」

風鈴只是靜靜聽著。

我陷入回憶中：「還有還有，記得有一次妳的父親……隼先生，在『短篇小說中學生全國大賽』的頒獎典禮上跑來找我算帳。呃，那時候他是這麼說的：『竟敢在全國大賽上贏過我可愛的、天使般的、超萌的寶貝女兒，你小子好大的狗膽！』」

剛說到隼先生，這時候……教室角落、沁芷柔用來放衣服的衣櫃，忽然傳出「瑟」的一聲輕響，就像什麼東西撞在櫃壁上一樣。

……老鼠嗎？

注視衣櫃片刻後，我決定明天要提醒沁芷柔這件事。

我繼續說了下去：「隼先生那時候竟然用了三個前綴詞來形容妳，真是誇張透頂。

「然後他身旁跟著的女僕……是叫桃桃嗎？我小時候還以為那是妳的母親。桃桃她竟然面無表情地摀住隼先生的嘴巴，把『嗚嗚——嗚！』叫著的隼先生給拖走了……」

我以極端懷念的口吻說著當年的事。有著鷹勾鼻的隼先生、以類似明王像的凶惡表情接近的模樣，我至今仍記憶深刻。

不知不覺，我說了好多好多。

風鈴依舊靜靜聽著，不做任何回應。

她微微垂下頭，臉孔藏在陰影之中，我看不見她的表情。

「那時候隼先生竟然掏出一件軍用的迷彩隱形斗篷，然後……」

我本來還要說下去，風鈴卻忽然抓住我的手臂。

「前、前輩，請您別說了……先別說了……拜託您。」

「呃……好。」

我不明白風鈴為什麼這麼說。此刻的她將前額抵在我的臂彎上，我能感受到她身上的溫度。

過了一會，風鈴忽然抱住我的手臂並往外走，似乎想要離開這裡。

在離開怪人社前，我拉上了教室大門。

門關上的瞬間——透過被門板阻隔、不斷變得狹窄的視野，沁芷柔的衣櫃剛好是我看見的最後一樣事物。

……明天真的必須提醒老鼠的事呢，如果她心愛的衣服被咬壞就糟了。

隨著我如此心想，教室大門也徹底關閉。

但不管是老鼠還是河馬或鱷魚，此刻都無法擾亂我找到「晨曦」後的欣喜。

來得比想像中還要輕易的巨大幸福，幾乎要沖暈了我。

……我跟風鈴慢慢前行。

最後，我送她回到女生宿舍。

「……」

然而，在與風鈴道別之前，一路上都陷入沉默的她……忽然無聲地落淚了。

我摸了摸風鈴的頭，有點搞不清楚她為什麼哭。

是太過多愁善感的關係嗎？還是說……

我替風鈴抹去眼淚，對她微笑。

現在不是落淚的時候。

畢竟。

——畢竟，這份眼淚，對此刻的我們來說……

似乎，意義太過沉重。

「哈啊？本小姐的衣櫃裡面怎麼可能有老鼠!?」

我向沁芷柔提到昨晚的發現，卻被對方狠狠質疑。

沁芷柔調整了一下頭上的髮飾，語氣隨意地說：「我的衣櫃有用特殊的『文字鎖』來鎖上喔。必須用拼音打出文字，然後按下確認鍵，如果文字正確的話，鎖才會打開。假如輸入錯誤一次，文字鎖就會徹底卡死，這樣我隔天肯定會發現的。而且，老鼠怎麼可能會輸入文字鎖。」

沁芷柔說到這裡，像是想起什麼，忽然瞇起眼睛盯著我。

「柳天雲，你該不會是想偷走人家的衣服，所以在套我的話吧？」

「才不是！」

真是的，我明明這麼好心，卻被這樣懷疑。

說好的人與人之間的信任呢！

沁芷柔戳戳我的肩膀，嘴角忽然掛上得意的笑容。

「『文字鎖』這種東西，跟一般的數字鎖可是不一樣的哦——就算我告訴你提示，你也猜不出來，畢竟這個答案全天下只有我跟媽咪知道。」

「？」

「消除緊張的小魔法——猜一個字。」

「啥？」

「你真笨！謎題的答案，就是文字鎖的密碼啦！」

「……好吧。」

確實是相當嚴密的防範措施。

即使沁芷柔把「消除緊張的小魔法——猜一個字」這麼關鍵的提示告訴我了，我依舊猜不出答案。

畢竟只要輸入錯誤一次就會上鎖，而且沁芷柔大概也是第一次把提示說出來……就算老鼠有超乎人類的智商，要打開衣櫃而不被發現，也是不可能的事。

這麼說來，昨天晚上聽到的聲響，應該就是我的錯覺。

這時候，怪人社還只有我跟沁芷柔，其他人還沒到。

沁芷柔像是忽然想到某件事，猶豫了一下，然後像小偷一樣東張西望，彷彿在確認附近有沒有人偷聽。

「那、那個……柳天雲？」

我看向她。

一被我注視，沁芷柔便慌慌張張地揮了揮手。

「接、接下來本小姐要說的話，你可不要誤會喔。只是因為本小姐是個大好人，所以才勉為其難地跟你說的喔。」

「？」這傢伙究竟想說什麼。

沁芷柔扭扭捏捏地湊近我，壓低了音量。

「那、那個！如果你真的很想要我的衣物，給、給你一兩件也不是不可以。」

「……」

**「就說過不是這個目的了啊!!!!」**

那之後，我與風鈴之間的關係，似乎沒有太大變化。

風鈴依舊那麼溫柔，我依舊忙於寫作，偶爾在風鈴湊上來時，摸摸她的頭。

怪人社整體的氣氛，表面上，似乎也沒有因為我知曉「風鈴就是晨曦」而有所變化。

……也是。

幻想世界繞著自己轉動，發生一件事就改變所有人，只有狂妄的笨蛋會那樣認為。

「……」

不過，比起我跟風鈴的牽扯，另一件事讓我比較頭疼。

……那就是幻櫻。

以晨曦的真實身分做為誘餌，幻櫻出現在我面前，逼迫弟子一號緊隨她的腳步，發生一連串事件後，我加入了怪人社。

但是現在——我自己找到晨曦了。

雖然我不會再次失去寫作的動力，可是與幻櫻之間的關係，頓時變得有點尷尬。

失去了「晨曦」這一層關係做為誘因……再次相見的我們，會露出怎樣的表情呢？

不再以利益維繫關係的我們……會以什麼樣的姿態出現在對方面前呢？

一切都是疑問。

隨著心中的疑問句累積得越來越多，我有點緊張。

但這份緊張終究將被時間所消除，畢竟幻櫻會來怪人社上課，我們的碰面無法避免。

怪人社現在只有我跟沁芷柔，其他人都還沒到。

「……」

心不在焉地想著心事，我在稿紙上畫了一杯空的咖啡杯，接著無意識地用黑色鉛筆將杯面塗滿。

完整的咖啡成形了。

此刻這杯咖啡，看起來……很像苦澀的黑咖啡。

隨著「喀啦」聲響，怪人社的大門被推開。雛雪跟風鈴一起走了進來，風鈴對我微笑。又過了一陣子，桓紫音老師也走了進來。

「吾之眷屬唷！很好，大家都到齊……咦？」她左右張望，「……幻櫻人呢？零點一。」

「呃，為什麼問我？」

「少囉唆！少了一個學生，本皇女還怎麼開課！快去找！」

我幾乎是被桓紫音老師趕出教室。

「……」我站在走廊上發愣了一會。

……說是找，但是要去哪裡找呢？

想了想，最後我往頂樓陽臺走去。那裡是幻櫻收我為「弟子一號」的地方。

我很快就抵達了陽臺附近，視線穿過半段螺旋狀的階梯，看向最上方一扇生滿鏽斑的鐵門。

那扇鐵門之後，就是陽臺了。

平常鐵門都是緊緊關起，此刻卻在海風中搖晃，發出「嘰……嘰……」的刺耳聲響。

我爬上階梯，然後推開鐵門。

「!!」

幻櫻果然在這裡，我第一時間就發現了她。

她逆著海風，手搭著欄杆，面向大海的方向，長髮隨風飄起，如精靈般在風中輕快地搖曳。

在推開門的剎那，不知道是不是因為陽光太過刺眼，我眼前一花，將幻櫻的頭髮看成了粉櫻色。

在這一瞬間，我的內心忽然湧上一股強烈的不協調感。

那不協調感非常怪異，彷彿在半夢半醒間，無法分清眼前所見究竟是事實，抑或是虛幻……那種感受。

這種情況，好像晶星人女皇初次降臨C高中……宇宙船的紅光把幻櫻的頭髮映成淡淡的粉紅色時，也曾經出現過。

但是，這種感受極為短暫，在開門的下一瞬間，我的視覺就恢復了正常，眼前出現的依舊是銀白髮色的幻櫻。

我跨入頂樓陽臺。

陽臺上空蕩蕩的，除了幻櫻，只有刺眼的太陽光，與染上鹹腥之氣的海風。

盯著她的背影，我陷入了沉默。

……彷彿不知道從哪裡冒出的尷尬，化為繩索捆縛了我，使我像木頭人一樣無法動彈。

幻櫻在這時轉過身，向我看來。

「……」

「弟子一號。」

僅僅一句普通的呼喚，卻讓我感到壓力更加巨大。

因為幻櫻明明在微笑，身上卻帶著不知從何而來的濃厚哀傷。

……是因為發現我已經知道晨曦的身分了嗎？

……不愧是我名義上的師父，每次都料中一切，只有這次被我贏過了。

想起自己難得的勝利，加上為了掙脫身上尷尬的重壓，我按著臉，開始哼哼哼地笑。

「哼哼哼哼哼……」

我將五指戟張蓋在臉上，視線透過指縫望出。

「哈哈哈哈哈……哈哈哈哈哈哈哈哈哈哈哈哈哈哈……」

恍若笑聲帶給了我勇氣。

我終於掙脫無形的束縛，一邊笑，一邊往前走。

「名義上的師父唷，給我聽好了——是我柳天雲贏了！我柳天……」

我仰起臉，正準備把尊爵不凡的獨行俠臺詞傾瀉而出，幻櫻卻從我身旁輕輕擦過，離開了頂樓。

「……」

我原本準備好的言語，被沉默中斷。

在沉默中，我腦海唯一剩下的……是幻櫻離開之前，嘴角那抹複雜的微笑。

當天晚上，我作了一個惡夢。

依稀記得，這個夢，以前也作過。

在夢裡，C高中於六校最終一戰……敗北了。

已經用盡一切方法，將所有才能與努力化為戰力與Y高中相拚。但怪物君實在太強，C高中在最終一戰裡，止步於第二名。

然後，在晶星人女皇尖銳的大笑聲中，C高中所有人的身體在一道紅光下逐漸瓦解，化為粒子消散在空氣中。

死亡沒有疼痛，卻有無窮的不甘心與對生存的渴望。

我看見了……C高中一千多名學生，那些化為粒子、被瓦解的人裡，也包含了我。

而且那個我，表情非常寂寞，嘴角帶著一絲解脫的笑，彷彿被瓦解也無所謂似的。

那神情，很像尚未遇到幻櫻、還沒重拾寫作前的我。

好像。

……真的好像。

上一次，夢作到這邊就醒了。

然而，這一次夢境卻有了後續。

「！」

那個消散中的「我」，發現了正在旁觀的我。

他似乎想說些什麼，張開嘴，努力想傳達某種訊息——卻在出聲之前，徹底消散。

「……」

我從惡夢中驚醒，躺在床鋪上，大口大口地喘著氣。

並且，感到頭痛欲裂。

第二話 【急徵】打贏美少女們的GAME，取得尊嚴一事的方法

撇開煩人的惡夢不提，怪人社終於能開始正常上課。

似乎有些不對勁的幻櫻與風鈴，也恢復往常的個性。

總之，怪人社至少維持了表面上的風平浪靜。

「……」

今天放學到達怪人社後，社辦裡多了一臺PS4主機與液晶電視。

桓紫音老師拍了拍電視，一臉得意地對大家宣布自己的構想。

「諸位愚昧的血之民哦，仔細聽好吾的偉大構想！

「晶星人給的資源裡面，有一款名為『連宇宙猴也能輕鬆做好美少女遊戲片機』的道具。這道具在輸入基本資料後，就能立刻產生超級好玩的美少女遊戲！

「然後呢，咳咳，吾又『碰巧』在校長室的櫃子裡發現了PS4主機跟液晶電視！這肯定是上天在庇佑吾這個僅存的吸血鬼真祖血脈，才鄭重給出的恩賜！」

桓紫音老師刻意加重了「碰巧」兩字的讀音，事後我們才知道，其實她早就對PS4遊戲機蠢蠢欲動，只是之前單身套房放不下，才一直沒有入手。

她繼續說了下去。

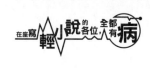

「所以今天，吾要利用這臺PS4跟『連宇宙猴也能輕鬆做好美少女遊戲片機』，來進行怪人社的寫作教學。」

桓紫音老師一手扠腰，「千萬不要覺得『啊？玩美少女遊戲跟寫作有什麼關係』，如果有人這樣想，那個人絕對是會墮落為聖天使的超級大蠢蛋!!

「聽好了！只有真正的寫作高手才能寫好遊戲文本，一個劇情動人心弦的美少女遊戲，背後肯定有一位被繪師跟製作人搶走所有風采的好作家！而且說到底，美少女遊戲跟輕小說其實很像，都是藉由文字跟圖片的搭配達到強烈加分效果的組合！

「所以了，偶爾玩玩美少女遊戲，對寫輕小說是非常有幫助的！」

桓紫音老師說的話，細聽之下確實有道理。

經過她的解釋，即使在這種必須備戰的時刻聚在一起玩美少女遊戲，也成了一種寫作修煉。

於是在我搬來榻榻米後，眾人圍著電視坐成一圈，等待桓紫音老師進行教學。

「哼，血之民哦，看好了——」

一邊自己配音哆啦●夢掏出道具時的音效，桓紫音老師從口袋裡拿出了外型類似於智慧型手機的薄薄機器。

那似乎是「連宇宙猴也能輕鬆做好美少女遊戲片機」的配套設備。

「怎麼樣？很棒吧！大家輪流過來把手掌按在上面，這樣子就完成角色登錄了。」

聽了桓紫音老師的話，大家瞬間愣住。

沁芷柔第一個皺著眉頭詢問：「唔……登錄？那是什麼意思？」

「嘖！真是頭愚蠢的乳牛。也就是說，吾要把大家的資料登錄進『連宇宙猴也能輕鬆做好美少女遊戲片機』，來完成遊戲片的設計！」

「啊啊？不能憑空生成資料？這不是晶星人的道具嗎！」

「乳牛，汝真的當這是哆啦●夢給的東西啊!?就算是晶星人，科技也有個極限，別抱怨了！」

不過哆啦●夢來自二十二世紀，給的道具也都是未來的高科技產物……在某種層面上，晶星人跟哆啦●夢還挺像的。

在桓紫音老師的催促下，最後大家輪流完成了角色登錄。

《怪怪美少女學園・ＥＸ!!》這是製作出來的遊戲片名稱。

……好特殊的名字。我看了看做為角色原案的幻櫻、雛雪、風鈴、沁芷柔等四人，忽然覺得這遊戲可能會變得很奇怪。

不過ＰＳ４主機的遊戲手把只有一個，必須猜拳決定遊玩順序。

……我猜贏了。

「前、前輩加油！」

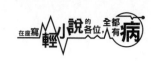

「哼哼……柳天雲，你能玩本小姐這種優秀的人設計出的優秀遊戲的優秀角色，大概要花掉你五十輩子積蓄的福分吧？」

「……學長可以隨意搭訕雛雪的角色，就算馬上直奔全壘打也沒關係哦。」

「……」

除了幻櫻之外的其他少女紛紛開口（舉板）。

我覺得頭有點痛。

握著PS4的遊戲手把，液晶螢幕上正處於遊戲登錄畫面。

登錄畫面中有各角色的介紹，而且每個都是怪人社成員二次元化後的模樣，最後我選了自己。

不得不承認，原本就是美少女的這些怪人社成員，在二次元化之後真的非常萌。

如果能一個人縮在房間裡玩，這個遊戲無疑會非常吸引我吧。

——但是，這些角色的原案正在我身後虎視眈眈，眾人你一言、我一語，對我造成巨大的壓力。

我不禁開始思考，這時候猜拳猜贏，到底該說是幸運呢……還是不幸？

正當我在研究遊戲操作方式時，身後的少女們也在熱烈進行討論。

沁芷柔看似傷腦筋地撫著臉頰，以猜測的口吻喃喃自語。

「不過《怪怪美少女學園・EX!!》這名字……呃，到底為什麼遊戲名會這麼奇怪呢？會不會是登錄角色的問題……？」

沒錯！我金田一天雲可以拿爺爺的名譽做擔保，這絕對是登錄角色的問題。除了風鈴之外，我想不出這社團裡有誰是正常人。

沁芷柔思考過後，像是得到了確定的答案那樣，她以獵捕者般的轉頭速度看向風鈴。

「狐媚女——!!凶手果然就是妳吧!!」

「……咦？」

「別『咦』了！不管本小姐怎麼看，妳都是形成標題的罪惡來源！」

「形、形成標題的罪惡來源……？那、那個……風鈴……」

風鈴大概完全沒想到『沁芷柔會認為自己是怪人』這一點，只是單純被對方的氣勢給嚇到，所以十分困擾。

露出受到驚嚇的小動物般姿勢，風鈴以雙臂環抱自己，看起來縮小了半圈。

但溫柔體貼的風鈴，依舊在拚命進行思考，想理解沁芷柔的意思。

「再裝也沒有用！本小姐都說得這麼明白了，妳難道還不懂嗎？臭狐媚女！」

「形成標題的罪惡來源……？可、可是標題是《怪怪美少女學園・EX!!》……」

「！」

「！」

「!!」

不斷努力嘗試理解對方的風鈴，在這時候露出恍然大悟的表情。

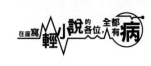

綻出討好對方的溫柔笑臉，風鈴遞出了自己的解釋。

「那個……是指『美少女』的那一部分嗎？」

原本心情還算不錯的沁芷柔，臉上的笑容瞬間凝結。

……再來，怪人社裡的溫度瞬間上升了十度。

在沁芷柔抱頭發出無法控制的憤怒喊聲之前，我嘆了口氣，趕緊用手指塞住了耳朵。

「喔喔！遊戲開始了！」

登錄遊戲後，在活潑的輕音樂中，《怪怪美少女學園・ＥＸ!!》的遊戲標題竄過，開始播放動畫片頭ＣＧ。

緊接著，主角——也就是二次元化的柳天雲的動漫圖片，首先出現。

他開始自我介紹。

咩嚕咩：「我叫做咩嚕咩，是個平凡無奇的男高中生。」

一聽到名字，我頓時大叫起來。

「為什麼我的二次元化角色叫做咩嚕咩啊!?這是什麼爛名字！」

「嘛，柳天雲，別緊張，這名字不是正適合你嗎？」

「哪裡適合了！」

「我覺得跟你的長相很搭呀？」

一邊回答，沁芷柔一邊努力憋笑。

桓紫音老師則更沒形象，「噗」一聲直接笑出來。

「咯咯咯……以零點一為範本的二次元角色，這個名字確實算不錯了。」

桓紫音老師的發言相當毒辣。這個女人明明擁有古典東方美人的外型，安安靜靜微笑時，給人的印象就是「大和撫子」，說話卻一點也不留情。

她的話剛說完，身後除了風鈴之外的少女們竟然不斷點頭，露出認同的表情。

我嘴角略微抽搐，沉默著繼續遊玩。

咩嚕咩：「啊，糟糕！數學筆記放在教室忘記拿了，得回去拿才行。」

咩嚕咩：「這時候大家應該都離開學校了吧，不知道教室的大門鎖上了沒有？」

從背景圖片跟說話來推斷，主角應該是在放學時發現數學筆記不見，打算回去找。

……這個咩嚕咩一點也不像我，看起來一臉呆樣就算了，行事也是一場糊塗。

一切必須依靠自身的獨行俠，不允許出現粗心的失誤，不然就會跌入失敗的爛泥巴中，摔得滿身泥濘。我才不會犯這種錯。

咩嚕咩：「不如跑步去學校吧，這樣應該來得及趕上。」

咩嚕咩：「說到跑步……小學時，我可是有個外號叫『風神的咩嚕咩』呢。」

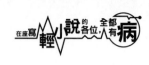

一臉自信的咩嚕咩，逐漸小跑步前進。

——然後跑不到五百公尺就氣喘吁吁地停下，開始休息。

咩嚕咩：「呼……呼……呼……好累，一定是邪惡組織在我的午餐中下了筋肉疲軟劑吧，不然我怎麼可能跑不動。」

咩嚕咩：「沒想到我『風神的咩嚕咩』，竟然也有被暗算的一天。」

「噗哈哈哈哈哈哈——遜斃了——『風神的咩嚕咩』？恭喜你喔，跑不動的咩、嚕、咩先生～～」

沁芷柔指著現實中的我彎腰大笑，笑到眼淚都流了出來。

我被笑到臉上一陣發熱，這咩嚕咩的體能也太爛了吧！

我正想辯解，卻看到桓紫音老師拿著「宇宙猴也能輕鬆做好美少女遊戲片機」的說明書，開始朗讀其中某段。

「……本遊戲可以藉由掃描加入人物。而該角色的個性與能力值，也取決於現實的自己……」

「……」我臉上更熱了。

但我很快就想到另一種解釋：這個咩嚕咩……一定是因為現實中的我是獨行俠，而獨行俠的個體實力太過強大，為了不破壞遊戲平衡，被「連宇宙猴也能輕鬆做好美少女遊戲片機」給削弱了能力值吧。

我越想越有道理。

沒錯……這種碰到挫折就找藉口的傢伙，怎麼可能是我柳天雲的二次元化身呢？

哼哼哼哼哼哼……哈哈哈哈哈哈哈……

在內心發出無聲大笑後，我操控咩嚕咩繼續進行遊戲。

咩嚕咩：「呼……呼……呼……終於快到教室了，希望教室的門還開著。」

咩嚕咩：「還真累人，沒想到我『風神的咩嚕咩』也有這一天，看來邪惡勢力果然不容小覷呢。」

給我住口！你這個丟人現眼的傢伙！

背後再次響起沁芷柔的爆笑聲。這次連雛雪跟桓紫音老師也跟著笑我。雛雪舉起寫著「這是搞笑遊戲吧？」的板子，一邊擦去眼角笑出的淚水。

我黑著臉狂按PS4手把上的「○」鍵，想快點跳過這些段落。

咩嚕咩拉開了教室大門，在他眼前出現的，是一道纖細的少女背影。

少女有著一頭粉櫻色長髮，雙腿交叉，坐在咩嚕咩的桌上，正在翻閱咩嚕咩的數學筆記。

這時候螢幕上的少女轉過頭，看向咩嚕咩。

她擁有如模特兒般端正的五官，與一張笑起來時可愛至極的紅潤小臉。

……是遊戲裡的幻櫻。

但是這個幻櫻……頭髮是粉櫻色的。

……看見那髮色，我一愣。

遊戲裡的幻櫻，發現咩嚕咩站在門口，把數學筆記闔起。

咩嚕咩呆站了兩秒，以毫無氣勢的語調開口。

「呃……幻櫻同學，妳手上是我的數學筆記嗎？」

「嗯。」

幻櫻點頭。

咩嚕咩走上前。

「那、那可以把筆記本還給我嗎？」

「……當然不行。」

「真的是太感謝……妳說什麼？」

咩嚕咩說到一半的話停止了。他原本大概認為，對方會爽快地把筆記本還給自己吧。

遊戲裡的幻櫻，用幾句話的空檔與冷冷的眼神，迅速壓制了咩嚕咩的自信心。

「我在做『邊緣人研究計畫』，這本筆記本是很好的研究素材，我必須據為己有。」

「咦——!?」

「就算你發出『咦——!?』的大叫，我也不會還給你。」

「……」

咩嚕咩沉默了。

眼前的少女用強硬的語氣說著固執的話，簡直任性過了頭，也難怪咩嚕咩會沉默。

在與幻櫻進行數次商討，卻每一次都被對方的言語之箭射得滿身瘡疤後，咩嚕咩終於絕望了，打算忍痛放棄自己的數學筆記。

咩嚕咩可憐兮兮地看了自己的數學筆記一眼，垂頭喪氣地離開。

「——等等！」

在踏出教室大門的瞬間，咩嚕咩的制服後領被人拉住。

「咩嚕咩，你如果肯協助我的研究，這本數學筆記也不是不能考慮還給你。下次的考試，你應該想要及格吧，數學老師的補考可是很嚴厲的哦。」

「為什麼需要我協助？我對妳的研、研究可是完全沒有頭緒……」

咩嚕咩問。大概他覺得「邊緣人研究計畫」這種東西要冠上「研究」兩字十分荒謬，所以語氣很生硬。

他這一問，遊戲中的幻櫻露出看到愚蠢生物的眼神。

「……少囉唆，反正照著我的話做就對了。」

「呃，那具體來說要做什麼呢？」

「弓道社的主將——沁芷柔，你聽說過這傢伙吧？」

「哦哦，是那個傳說中超級可愛的美少女？她有個外號叫做『高嶺之花』。」

「……什麼叫『傳說中』啊？你不是跟她同校嗎，難道沒有親眼看過？」

「嗯嗯，每次都一堆男生圍觀她，我不想去人多的地方，所以沒看過。」

「……咩嚕咩，你的外號是『超高校級的邊緣人』吧？」

「才不是！」

咩嚕咩像是想起了什麼，「啊」了一聲，開口繼續補充。

「對了，說到外號，沁芷柔之所以被稱為『高嶺之花』，跟她是弓道社主將有關。由於被太多人追求了，她為了趕跑那些煩人的蒼蠅，訂下了『在射箭比試中贏過她、才有資格成為追求者』的規矩。又因為她的箭術實在太厲害，從來沒有人可以過關。」

幻櫻露出有點意外的表情。

「沒想到你的情報滿靈通的，有這種程度的話，當我的協助者也勉勉強強。」

「……妳到底有多瞧不起我啊。」

「就像螞蟻會比人類早感受到天氣的變化那樣吧？再怎麼渺小的生物也有牠的優點。」

「……」

「總之呢，你只要按照我的命令，去跟沁芷柔接觸就行了。」

啊啊……這傢伙被遊戲裡的幻櫻吃得死死的，看起來真沒用。

如果是我的話，再怎麼說，也能保有最低限度的還擊能力吧。

想到這，我忍不住轉頭問桓紫音老師：「這遊戲是隨機設定人物能力值的吧？」

不知道為什麼，桓紫音老師對我投以同情的眼神。

咩嚕咩在幻櫻的催促下，走到了弓箭部道場的外面。

弓箭部道場是一塊由木板圍牆圈起來的空地，空地末端擺著一整排靶子——而遙遠的另一端，則畫著射箭預備線。

此時有零零落落的幾名弓箭部社員，站在預備線的地方練習射箭。

由於弓箭部外面的木板圍牆不是很牢固，中間有一些空隙，於是咩嚕咩跟幻櫻從空隙偷窺裡面。

「看到沁芷柔了。」

幻櫻率先說。咩嚕咩張望了一下，沒發現目標。

「我怎麼沒看到……在哪？」

「在最後面吃甜甜圈的那個。」

「啊？」

果然，咩嚕咩在道場一個不起眼的角落，看見捧著大號甜甜圈正在啃食的沁芷柔。

因為沁芷柔的臉很小，甜甜圈看起來變得更加巨大，兩者面積幾乎相等。

她此刻穿著白色的弓箭部社服，弓箭部社服是通體純白的設計，下襬幾乎拖到了地面。

「好可愛哦！世界上怎麼會有這麼可愛的角色呢!!!!」

現實中的沁芷柔看到自己出場，幾乎把臉貼到了電視螢幕上，就差沒有用臉頰去磨蹭而已。

桓紫音老師把沁芷柔拖走。

最後，在幻櫻的威逼下，咩嚕咩被迫走進了弓箭部道場，與對方比試射箭。

為了取回筆記本，咩嚕咩硬著頭皮站到了沁芷柔的面前。

「啊啊，你也是本小姐的追求者，打算來比試射箭的吧？」

「呃……」

「——總之呢，那邊的桌上有弓箭，自己去挑一副順手的，先在射箭比賽中贏了我再說。」

沁芷柔誤以為咩嚕咩只是普通的追求者，對他十分冷淡。

連射箭規則的講述，都帶著敷衍了事的味道。

「我們輪流對兩百公尺外的靶子射出三箭，每箭射中靶心得十分，射中其他地方得五分，射空得零分。加總分數比較高的人就贏，聽懂了嗎？」

「喔……喔喔！」

咩嚕咩愣了一下，這讓沁芷柔更覺得不耐煩，輕輕「哼」了一聲。

首先由沁芷柔開始射箭。她站到預備線的後面，連續射出三箭，兩箭射中了靶心，一箭位置稍偏，總共得了二十五分。

收起弓後，沁芷柔還算滿意地點點頭，於是轉過身，對咩嚕咩說：

「好了，輪到你──」

她話才說到一半，立刻震驚地中斷。

「那把弓是──!!」

咩嚕咩手上拿著一把幾乎跟他一樣高的大弓。

弓是深褐色的，因為歷史悠遠，木料顏色有些斑駁，帶著濃厚的歲月氣息，

「那是三十年前初代部長流傳下來的『落日神弓』！」

一個弓箭部社員發出驚呼。

「因為對臂力要求太過誇張，連沁芷柔部長都拉不開這把『落日神弓』！這個傢伙……他究竟想做什麼!?」

咩嚕咩無視那些社員的聒譟，只是露出冷靜的微笑，走到預備線前面，腳步不偏不倚地對準了兩百公尺外的一個靶子。

一陣狂風吹來，帶動了咩嚕咩的瀏海與校服。在那風中，咩嚕咩的身軀如大樹般挺立。

逆著勁風，咩嚕咩說話了：

「……困居狹窄的地方，滿足於夥伴之間的互相吹噓，這就是『公眾所認為的強者風範』……嗎？」

「……別開玩笑了，這種空虛的滿足，我咩嚕咩……才不需要。」

「完完全全，不需要。」

「聽好了，以前我可是被人稱為『三浦介義明的咩嚕咩』啊——!!」

咩嚕咩露出自信的微笑。

現實中的怪人社，風鈴以手指點著嘴脣，露出困惑的表情。

「那個……請問三浦介義明是哪位呢？」

大家你看看我、我看看你，一時之間竟然沒人知道。

無口狀態的雛雪在這時拿起筆，在板子上唰唰唰地寫字，幾秒鐘後，她將寫著典故的板子轉給我們看。

看了雛雪的介紹，我們才知道——原來三浦介義明是日本傳說中的名弓箭手，為了治退作亂的妖怪「玉面金毛九尾狐」，向神社裡的不動明王借來了神箭，經過一番努力後，最後成功趕跑了妖怪。

三浦介義明的箭術連妖怪都能治退，更別提區區的射靶心了。

「話說回來，雛雪，汝怎麼會知道這個？」桓紫音老師問。

雛雪再次寫字：「我把他性轉畫成美少女過，背景有一隻長著許多觸手的章魚怪，然後……」

「……打住！感覺不知道答案會比較幸福。」

被阻止寫字的雛雪嘟起了嘴。

於是我們繼續遊戲。

在眾人的注視中，咩嚕咩緩緩從箭桶裡拿出一枝箭矢。

「落日神弓」的體積實在太過驚人，加上那滄桑古樸的氣息，光是手持這把弓，就讓使用者的氣勢提升了數倍。

「不、不可能！連沁芷柔社長都無法使用『落日神弓』！這個傢伙……他怎麼可能做到!?」

「我想起來了，據社史記載，『落日神弓』可是連大樹都能射穿的厲害兵器，難、難道這個男人能夠再現這把神弓的威力!?」

聽到周圍的人議論自己，咩嚕咩冷哼一聲。

於是，在所有人震驚、愕然、惶恐的目光中，咩嚕咩把箭矢搭在「落日神弓」

的弓弦上。

然後。

然後……

然後——

咩嚕咩使勁一拉弓弦！

在他用力的那瞬間，「啪」的恐怖聲響跟著傳出，「落日神弓」的弓弦竟然被他拉斷了。

「！」

先是平靜地一挑眉，接著咩嚕咩慢慢踱步到了後面，將「落日神弓」放回桌上。

他以相當遺憾的語氣開口：

「真可惜，連這把武器……都無法承受我『三浦介義明的咩嚕咩』的氣勢……嗎？」

咩嚕咩向沁芷柔斜眼看去。

「我剛剛聽說了，妳沒辦法拉開『落日神弓』對吧？」

「我、我、我……本小姐……」

沁芷柔整張臉漲得通紅，露出很尷尬的表情。

咩嚕咩毫不留情地追擊。

「別結結巴巴的，妳沒辦法拉開這把弓對不對？」

「是、是沒辦法拉開沒錯，但是……」

「但是？妳想說什麼？」

「嗚……」

在最拿手的領域遭到挫敗，一向高傲的金髮美少女，碧色雙目裡帶上了淚光。她的俏臉讓咩嚕咩差點看傻了。

平常有些嬌蠻的沁芷柔，氣勢收斂之後，竟然會變得這麼可愛。

咩嚕咩雙手抱胸，故作高深地「哼」了一聲。

「妳連『落日神弓』都無法拉開，而這把『落日神弓』連我一半的實力都無法承受就損壞了，看來我們之間的差距很明顯。既然如此，這場比試也不用繼續了，是我贏了。」

弓箭部全員沉默。

沒有人比他們更瞭解「落日神弓」對使用者的嚴苛要求，僅記載於社史中的威力更是近乎傳說。

「……」

最後，沁芷柔被迫承認了咩嚕咩有成為追求者的資格。

正當咩嚕咩要大搖大擺地離開弓道社時，他的身後忽然響起了某位社員的驚呼聲。

「咦！『落日神弓』的弓弦上有被刀片劃過的痕跡耶！」

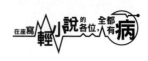

「什、什麼！」

「妳說什麼!!」

「難道說弓弦之所以斷裂，是因為……」

弓道社裡響起種種猜測的聲響。

原本假裝鎮定的咩嚕咩，腿部開始發抖。像是要逃跑似的，他的腳步不斷加快。

——被發現了嗎？

為了印證自己的猜測，咩嚕咩雖然害怕，卻還是忍不住回頭看去。

「——!!」

渾身散發著不祥黑氣的沁芷柔，站在「落日神弓」的殘骸前。

咩嚕咩最後的印象，是沁芷柔轉身對自己露出燦爛的微笑。

——Game Over。

看著電視螢幕上黑底白字的「Game Over」字樣，我足足一分鐘說不出話來。

這遊戲……中途沒有分岔走向。

也沒有任何挽救餘地。

——然後就死了!!

這個《怪怪美少女學園・EX!!》，簡直蠻不講理到了極點！離譜到令人目瞪口呆！

「咳咳，吾剛剛漏看了說明書的第一條說明。」桓紫音老師以相當遺憾的語調念誦：「由於本遊戲採用玩家資料做為角色範本，角色屬性會與現實能力有所掛鉤，若是現實中能力太過低弱，該角色在遊戲中的發展也會受到影響。」

說完後，桓紫音老師嘆了口氣：「吾雖然早就知曉零點一是個殘念的傢伙，但沒想到竟然殘念到如此地步，遊戲才開始第一章就死了，而且貌似是無解結局。」

我無言以對，落魄跪地。

雛雪舉起了「人生失格」的牌子。

「弟子一號，你做到這個地步已經是超常發揮了，也別太失望。」

幻櫻似乎試圖安慰我，不過言語卻相當毒辣，再次給了我一記重擊。

「什、什麼嘛，果然柳天雲的話也只能做到這個地步嗎？人家還、還以為你真的能跟那個弓道社社長交往呢……」

沁芷柔不知道為什麼看起來有點失望。

而風鈴則蹲在旁邊，摸了摸我的頭，露出帶著溫暖光輝的微笑。

「前輩已經盡力了哦，這不是前輩的錯。」

啊啊……好治癒啊。

如果我是遊戲中的人物，這時候狀態欄應該會跳出「你受到大治癒術的幫助，覺得舒服多了」的字樣吧？

我非常不甘心。

就算晶星人再怎麼先進，也會做出滯銷、不實用的產品出來吧？只要在文明國度，這就是無法避免的事。

以我柳天雲那放蕩不羈的個人風采、獨行俠的求生本能，做為主角怎麼可能第一章就死了。

我不相信。

因為不相信，所以我向桓紫音老師提出抗議。

「——桓紫音老師，這遊戲有問題！」

「哦？所以汝的意思是？」

「換、換一片遊戲試試！這個『連宇宙猴也能輕鬆做好美少女遊戲片機』應該也能做別的遊戲吧！」

「可以是可以，只是……」

「只是什麼!?」

桓紫音老師閉起有赤紅之瞳的那隻眼睛，像是陷入了思考。

沁芷柔卻在這時候插嘴了：「……只是害怕學生一再受到打擊，從此一蹶不振？」

「乳、乳牛！不可以這麼誠實，零點一那脆弱的心靈會承受不住的！」

「……」我的嘴角一陣抽搐，「……從怪人社建立到現在，妳們已經把過分的話都說遍了好嗎!!簡直都能湊出一本『損人風涼話大全』了啊！」

再說，認為獨行俠的心靈脆弱，這句話本身就是最嚴厲的指責。

……無法容忍。

身為努力朝獨行俠之王的目標邁進的我，完全無法容忍這種事情發生。

於是我刻意做出輕鬆的語調，雙手一攤，朝著怪人社裡的所有少女發話。

「哼哼哼……不然這樣吧。既然這個『連宇宙猴也能輕鬆做好美少女遊戲片機』是由我們來完成登錄，能力值又跟現實情況有掛鉤——那我們就來做一款對戰遊戲吧！

「操縱自己的二次元角色，進行一場連神也無法插手勝負的廝殺，這樣子誰也沒辦法再找藉口了。

「這個提案……如何？」

我越想越興奮，這舉動簡直太男子漢了。不管是不是獨行俠，只要是男孩子，一定曾經夢想過在遊戲中擊敗所有人，成為虛擬世界的王者。

桓紫音老師拉了拉其他人的衣服，把幻櫻、雛雪、風鈴、沁芷柔都拉到旁邊。

「喂……喂喂！零點一似乎很認真呢，該怎麼辦？」

「什麼怎麼辦？」雛雪舉起牌子。

「再怎麼說吾表面上的身分也是個教師，吾很害怕再給予學生打擊的話，零點一會變成廢人啊。」

「……」

「不如這樣吧，咱們等下一起拍手，製造溫暖的氣氛，以溫暖的態度，露出溫暖的笑容勸零點一放棄這個計畫，如何？」

我都聽到了喔！妳們的三溫暖計畫！

……悄悄話也說得太大聲了吧，這樣子反而更傷人了。

啪啪啪——

啪啪啪啪啪啪啪啪啪啪啪——

桓紫音老師帶著大家一起轉過身後，所有人果然開始鼓掌。

如果這些少女在鼓掌時，臉上別帶著「鼓勵這傢伙真沒意義啊」的表情，我說不定真的會上當吧。

「Stop！」

我提高音量打斷她們的掌聲，思考了一下，決定激怒她們來跟我對決。

「妳們這些胸大無腦的九翼聖天使，害怕被弟子一號超越所以退縮了嗎？」

想激怒這些少女，一句話足矣。

很少有人明白，獨行俠其實十分善於觀察環境。

因為獨行俠被寂寞所包圍，往往比其他人擁有更多的思考時間；為了更好地生存下來，也必須擁有提前察覺陷阱的能力——因此獨行俠「觀察周遭」這項技能的熟練度絕對高人一等！

或許我不懂怎麼討好這些怪人，但身為獨行俠中的佼佼者，要惹她們生氣卻十分容易。

「哈啊？你說本小姐胸大無腦!?」沁芷柔立刻露出不爽的表情。

「汝、汝竟敢用『九翼聖天使』這種言詞來侮辱吾！不可饒恕——!!」桓紫音老師咬牙切齒。

「……弟子一號，你又想挑戰我這個師父？」

幻櫻則是似笑非笑，感覺並沒有上當，但好像覺得情況很有趣，所以配合一下。

在這一瞬間，怪人社似乎變成了兩派。

一派是我，柳天雲。

另一派是殺氣騰騰的少女們。

兩派人馬對峙片刻，眼神在半空中擦出激烈的火花。

於是。

於是——遊戲戰爭開始了。

戰場從怪人社轉移到了禮堂。

C高中禮堂的最前端是演講臺，演講臺正上方可以拉下一道巨大的白色布簾。之前學校在宣導心輔時，偶爾會用投影機在布簾上放映影像。

而現在，這個布簾化身為臨時的巨大螢幕，預備見證一場慘烈戰爭的誕生。

桓紫音老師、沁芷柔、幻櫻對我露出不滿的表情，催促背著PS4主機、「連宇宙猴也能輕鬆做好美少女遊戲片機」的我走快一點。

「零點一！別拖拖拉拉的，吾的赤紅之瞳早已預見未來——看見汝渾身的血之力散盡、被收編為聖殿騎士的悽慘場景!!」

「柳天雲大概是害怕了吧？呵呵呵……也對，害怕優秀的本小姐是非常正常的哦，你不必感到羞恥。」

「……弟子一號，受死。」

哼！這些帶著滿滿的殘念氣息，幾乎只有長相能成為優點的傢伙，竟然如此小看我柳天雲。

坦白說，我玩遊戲的技術十分厲害。

如果誇張一點來形容，我甚至會被稱為「遊戲高玩」。

因為沒有朋友，所以把手機、電腦上的所有遊戲玩到破臺，鑽研各種不為人知的密技，是獨行俠的重大樂趣之一。

缺乏素材必須自己蒐集、遇到強悍的魔王就算痛苦也只能咬牙硬上、一個人必須挑戰三人副本、被迫拐彎子去拿組隊任務的道具……獨行俠受過的痛苦實在太多太多。

也就是說，這些抱有正常思維……在碰見困難時，第一時間只想著「啊啊……反正組隊過關就行了吧」的少女，不可能是我柳天雲的對手。

她們太過習慣依賴他人，從而限制了自身發展的可能性。就算她們的角色穿著一身神裝，散發出來的光芒遠比我耀眼輝煌，我也能夠反敗為勝。

打個比方的話，就是在戰場上千錘百鍊的武將，與靠著關係上位的大將軍對陣。哪怕武將的地位不如大將軍，廝殺起來也必定是前者獲勝。

所以……

「痛痛痛！」

「別在那邊發呆！照汝的遷移速度，血之族遲早會被神聖陣營給滅絕！」

桓紫音老師大概等得有點不耐煩了，往我頭上敲了一記手刀。

我加快腳步。風鈴跟在我的身旁，伸出一隻小小的手幫我扶著PS4主機。

「前輩……請加油哦。如果是前輩的話，風鈴相信您一定可以獲勝。」

風鈴對我露出治癒人心的笑容。

……明明都是溫柔的大和撫子型外表，桓紫音老師跟風鈴的個性怎麼會差這麼多？造物主到底在想什麼。

雛雪也對我舉起了牌子：「獲勝的話，晚上可以來找雛雪。」

「我才不要！」

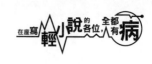

「為什麼不要？」

「鬼才要啊……呃啊！」

「零點一！吾警告汝最後一次，別在那邊跟美少女打情罵俏，給吾加快腳步！」

我頭上又被斬了一記手刀。

連續承受兩次攻擊的同一部位，感覺會起腫包。

……我將身上的東西放在禮堂前方的桌子上。

最後我慢慢回過身，望著即將成為敵人的三名少女，露出戰意高昂的笑容。

「那就戰吧！」

「魔法美少女大亂鬥．怪人ＭＡＸ！」

登錄角色後，遊戲被製作出來了。

雖然依舊是美少女遊戲，但與之前ＡＶＧ（註1）式的風格不同，這次是格鬥對

註1　ＡＶＧ是Adventure Game的縮寫，意思是以文字、語音、圖片和音樂來描述故事的電子小說。玩家在進行遊戲時會從故事中得到各種線索，在分歧時抉擇故事的進行方向，達成各種結局。

戰系的遊戲。

……不過，這遊戲名稱讓人不敢恭維。

或許只要以怪人社的成員做為角色範本，遊戲名稱就會被加上「怪人」兩字也說不定。

在胡思亂想中，伴隨著颯爽活潑的音樂聲，遊戲進入了角色介紹的畫面。

敵人是桓紫音老師、沁芷柔、幻櫻三位。

巨大的布幕被正正方方的切成四塊，每個人占有一塊遊戲畫面，我是右上角的那塊。

我看見一隻跟我長得很像的三頭身Q版人物，他手上拿著劍與盾，身著堅硬的鎧甲，一看就是騎士或劍士之類的職業。

……通常身穿重甲的職業，防禦力也特別高，能在肉搏戰中取得一些優勢。

非常好，很適合我柳天雲。

接著我打開遊戲選單，研究角色擁有的技能——

【十字連斬】，技能說明：對前方三公尺範圍的單體目標進行二連斬。若攻擊時目標身上帶有「搖晃」狀態，將會額外進行第三次斬擊。

【蓄力盾擊】，技能說明：用盾牌打擊近距離的單體目標，造成小量傷害。若【蓄力盾擊】成功擊中目標，敵人將會被附加「搖晃」狀態，十秒內移動速度下降百分之五十。

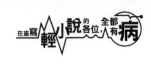

中規中矩的技能設計。

一招攻擊技能搭配一招防守技能，並可以稍微進行【蓄力盾擊】↓【十字連斬】這樣的技能接駁。

在按下確認選擇後，遊戲也隨之開始。

決鬥場地是類似古羅馬競技場的圓形平臺，平臺旁的觀眾席此時空蕩蕩的。

競技場地面布滿了黃沙，踩過時會留下深深的腳印。

「柳天雲，受死！」

遊戲才剛開始，沁芷柔就向我攻了過來。

她的角色手上纏著白色繃帶，看起來像武鬥家。

沁芷柔的武鬥家躍至半空中，憑藉強大的衝刺力量，重重地給了我一拳。

我舉起手上的盾牌防禦。盾牌發出「乒」的一聲清脆聲響，我的騎士身體一陣晃動，幸好ＨＰ沒有絲毫減少。

雖然完美防禦了這一擊，我卻看見——自架起盾牌的我往後延伸，身後的地板只不過是被武鬥家的拳勁給帶到，就形成了兩道深深的渠溝，就像被怪手挖過一樣。

……武鬥家的攻擊力竟然這麼恐怖，我嚇了一跳。

如果直接命中的話，就算是身著鎧甲的騎士，也不能全身而退吧？——競技場遠處，桓紫音老師的咒術師正在跟幻櫻的盜賊交手，戰場暫時被分割為兩塊。

「受死！受死！受死！受死！受死！」

武鬥家不斷揮出拳頭，我一一用盾牌格擋，因為對方的攻速太快，我始終抓不住時機反擊。

過了一會，沁芷柔像是不耐煩了，點擊手把按鈕的速度忽然加快。

「吃本小姐這招——」

武鬥家再次躍至半空中，她高高舉起右拳，手上開始匯集強烈的光芒。

「——【百萬噸豪拳】！」

「！」我的角色艱難地用盾牌擋下了【百萬噸豪拳】。

但是，即使用盾牌抵擋了，無法防禦的衝擊依舊形成了強烈的震盪波，肉眼可見的波紋，不斷穿透盾牌傳遞到我的角色身上。

我的手把一陣劇烈的震動，通知我角色受到創傷。

「……」我瞄了血條一眼……血量只剩下一半。

「原來如此，想必武鬥家就是所謂的『攻擊特化型職業』吧？雖然武鬥家沒有能保護自己的盾牌，可是不管局面再怎麼危急，只要【百萬噸豪拳】紮紮實實擊中對方一次，就可以翻盤。

「不過所謂的『攻擊特化型職業』，其實是一把雙面刃，如果沒有打倒敵人，惡果就會反噬自身。」

由於施放強力的絕招，沁芷柔的角色產生了片刻的僵直。

保持著全力擊打盾牌的動作，武鬥家一時無法移動。

——就是現在！

「【蓄力盾擊】——！」

我將招式名大喊出聲。

騎士持盾的左手往後一抬，狠狠將盾面朝武鬥家身上撞去。

被【蓄力盾擊】擊中的武鬥家，似乎想要暫時撤離，但她的腳步一陣踉蹌，移動速度非常緩慢。

【蓄力盾擊】，技能說明：用盾牌打擊近距離的單體目標，造成小量傷害。若【蓄力盾擊】成功擊中目標，敵人將會被附加「搖晃」狀態，十秒內移動速度下降百分之五十。

「搖晃」狀態生效了。

大好機會來臨！

我連擊手把上的「L1」與「X」鍵，將剩下的技能也施展出來。

「【十字連斬】——！」

身負「搖晃」狀態的敵人，會被【十字連斬】追加一次攻擊。因為施展條件嚴苛，威力想必也十分強大。

在華麗的連續斬擊中，武鬥家倒下了。

我偷偷瞄了沁芷柔的螢幕一眼，她的角色血量已經歸零。

「怎、怎麼可能……？」沁芷柔露出無法置信的表情。

「不、不算，這場不算！區區柳天雲什麼的怎麼可能擊敗本小姐！再來一場!!」

她自顧自地發表任性的宣言。

但是沁芷柔的話，我只聽進去一半。

之所以如此，是因為我的注意力已經全部放在戰場上。

——戰鬥還沒結束！

幻櫻所操控的盜賊正倚靠著競技場的牆壁，靜靜打量我的角色。

桓紫音老師早就已經被幹掉了，我甚至沒有目擊決出勝負的那一幕。

「……」

眼看我注意到她，雙方的角色也鎖定了彼此。

幻櫻的盜賊向我走來，剛邁出一步，角色就分身成了兩個。

再邁出第二步，這次變成了四個。

……八個。

……十六個。

……三十二個。

最後多到數不清。

最後，幻櫻的角色走到我面前時，我看見足以填滿競技場的盜賊大軍。

……我知道為什麼桓紫音老師會被幹掉了。

這角色也太作弊了吧！

「我的角色現在只有一滴血，打中本尊的話，你就會贏哦，弟子一號。」

幻櫻淡漠的聲音從我身旁傳來。

然而……即使她將弱點主動告知，我依舊沒有對抗手段。

或許在第一時間沒有衝上攻擊的同時，我的敗北就已經註定。

「……」

我仰天長嘆一聲，放開了手把。

「人生自古誰無死，留取……」

「弟子一號，停止你的中二病發言！吃我這招——」

幻櫻將招式名喊出聲。

「【櫻殺・無限忍影襲斬】！」

……勝負已分。

桓紫音老師默默將ＰＳ４收了起來。

「……這東西真難玩吶，還好當初沒買。」

一邊發出抱怨，桓紫音老師帶頭走回怪人社。

大家默默跟隨桓紫音老師。

「……不玩了嗎？人家還沒報仇的說。」沁芷柔偏過頭，神情很不甘心。

她們三個越走越遠，我本來要跟上去，卻發現風鈴一個人獨自留在禮堂裡。她低著頭，像是在閱讀什麼。

我朝風鈴走去。風鈴聽見腳步聲，回頭發現是我，向我打了招呼。

「啊，前輩。」

「妳怎麼還不走？如果比桓紫音老師晚到社團教室，說不定她又要變成中二病模式暴走了。」

聽我這麼說，風鈴忽然輕笑出聲。

「前輩竟然說別人中二病呢……」

「……怎麼了嗎？」

「沒什麼。」風鈴露出有點頑皮的微笑。

在關係變得熟稔之後，風鈴也慢慢會開玩笑了呢。

我走到風鈴身旁，注意到她手中拿著一本薄薄的本子，紙上繪滿了彩圖與文字說明。

「前輩，這是『魔法美少女大亂鬥．怪人ＭＡＸ！』的說明書，剛剛桓紫音老師沒有收拾到，風鈴就收了起來……因為說明書實在很有趣，忍不住翻了一下。」

「哦哦，是這樣啊。」

我聽完不以為意，向風鈴招了招手之後，轉身就要離開。

「……不過呢，風鈴發現一件很奇怪的事。」

我的腳步一頓，轉過身軀，再次看向風鈴。

風鈴將「魔法美少女大亂鬥．怪人ＭＡＸ！」的說明書翻到了最後一章，那裡有人物技能的介紹。

【十字連斬】、【蓄力盾擊】這兩招，也存在我的人物介紹中。

然而，一招從來沒看過的技能也被列在【十字連斬】、【蓄力盾擊】的下面。

隱藏技能：【斬魔破．亂浪劍舞】。

「前輩，這似乎是您的人物的隱藏技能哦，看文字敘述，這招很厲害很厲害……不過必須擊敗一個玩家之後才能使用！幻櫻同學剛剛用的【櫻殺．無限忍影襲斬】也是她的隱藏技能。」

「原來如此……」難怪那招技能恐怖得要命。

風鈴撫著臉頰，露出有點困惑的表情。
「不過……幻櫻同學怎麼會使用這招呢？」
「？」我不瞭解風鈴的意思。
風鈴繼續解釋：「遊戲選單裡似乎沒有介紹隱藏技能的施展方法。由於指令繁複，也不太可能無意中按出來……而且幻櫻同學連招式名都喊出來了……」
「會不會她有翻閱過說明書？」我隨口回。
「這個……不太可能……風鈴一直待在後面看大家玩……大家都是直接進入遊戲的唷。」
「是嗎？」
幻櫻一直以來都很神祕。
天才詐欺師的名號，使一切不可能都化為了可能。
之前她也曾經好幾次騙我去攻略風鈴跟沁芷柔，每次的算計都近乎未卜先知，對於「幻櫻又引發奇蹟」這件事，我現在已經有點麻木。
而且只是格鬥遊戲輸了而已，我並沒有太在意。
「風鈴，我們走吧。」
我再次向風鈴招手。風鈴小跑步趕到我旁邊，與我並肩而行。
走廊上空無一人。走出了一小段距離，風鈴忽然向我湊近。我想起了知道風鈴就是「晨曦」的那個夜晚，那時候也是這樣獨處。

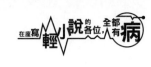

風鈴臉上帶著紅暈，有些膽怯地看向我的手臂。

「前、前輩……可以嗎？」

風鈴的身上好香，而且她的視線太過熾熱，使我有些不自在地轉過頭去。

「唔……嗯。」我猶豫了一下，發出不太算回答的含糊聲響。

「嘻嘻。」風鈴輕輕抱住了我的手臂，紅著臉，露出幸福的笑容。

就好像見到盼望多年的曙光那樣，我從未見過有人的笑容如此幸福。

我又作夢了。

與之前C高中滅亡的怪夢不同，這次夢境是怪人社的日常。

夢境中，風鈴、沁芷柔都還在努力寫作，大概是在完成當天的怪人社作業吧。雛雪則是在畫畫。

以旁觀者的角度，我也看見了自己。

那個「我」坐在怪人社的角落，面前不知道為什麼沒有半張稿紙，就像是「我」不需要寫作似的。

而幻櫻坐在我旁邊的位子，她早已完成作業，經過桓紫音老師批改的稿紙散落在桌上。

……不知道為什麼，夢裡的幻櫻……頭髮是粉櫻色的。
那個幻櫻嘴角帶著俏皮的微笑，手撐著臉頰，小小聲地向我喊話。
「吶、吶，柳天雲，我好無聊喔。」
她並不稱我為「弟子一號」，而是直呼我的本名。
原本看著窗外發呆的「我」，轉頭向幻櫻看去。
「無聊嗎……？那妳就寫作吧。」
「可是今天的作業我已經寫完了。」
「……那就寫明天的作業。」
「欸——？可是我怎麼知道明天的作業是什麼？」
「……」
幻櫻朝我伸出一根手指。
「不然這樣好了，我們瞞著臺上的桓紫音老師，來偷偷玩個小遊戲。」
「……被發現的話怎麼辦？」
「老師會揍你。」
「怎麼講得好像妳不會被揍一樣！」
「嗯，不會哦。」
「……」那個「我」嘴角開始抽搐。
竟然在夢境中也被耍得團團轉嗎，這個「我」。

幻櫻眨了眨眼，「好，那我開始說明遊戲規則囉。」

「我又沒說要玩！」

「不玩的話，人家就提高音量把桓紫音老師引過來揍你囉？」

「……」那個「我」用五根手指按住了臉。

我知道，這傢伙大概已經處於崩潰大笑的邊緣。

但幻櫻顯然很好地把握了「我」的忍耐限度，沒有使「我」大笑出來。

「遊戲規則呢──很簡單，我們比賽猜拳，三戰兩勝，輸家要背贏家走去餐廳吃飯。」

「……」

「順帶一提，我第一局會出『布』喔。」

幻櫻沒有給「我」思考的時間，直接就小聲地喊了「準備哦！剪刀、石頭、布──」的划拳臺詞。

結果幻櫻出了布。

而我出了石頭。

幻櫻拚命忍笑，「哎呀哎呀，我不是說自己會出『布』嗎？你為什麼不相信人家呢？」

「……」那個「我」連眼角都開始抽搐了。

幻櫻又說：「好了，這次我真的會出『布』哦！」

隨著「剪刀、石頭、布——」的划拳臺詞再次被喊出，我們一起出拳。

這次我出了剪刀。

而幻櫻出了石頭。

……幻櫻笑得更開心了。

「你怎麼會相信一個詐欺師說的話呢？嗯？嗯？是我贏了唷。」

我彷彿能聽見那個「我」，在不斷被捉弄後，心靈正產生「嗚呃」的痛苦聲響。

那個「我」發出不滿的嘀咕聲：「哼，反正妳就是仗著自己聰明耍弄別人罷了，這種欺凌弱者的做法，不是獨行俠認同的風範。」

「咦？聰明是我的錯嗎？」

幻櫻一聽之下笑了起來，雙眼像月牙一樣彎起，靠得離我更近了。

「……但是呢，如果是為了自己喜歡的人，我願意變成笨蛋喔。」

「……」

「我」與幻櫻默默對視了好幾秒。

接著，那個「我」不知為何有點臉紅，轉過頭去。

夢境中的最後一幕，是臉色非常難看的桓紫音老師站在「我」的身後。

「對了，記得背我上餐廳哦。」

還有……幻櫻那帶著一點小惡魔感覺的話聲。

我從夢中驚醒，大口大口地喘著氣。

窗外一片漆黑，這時只不過是半夜。

幻櫻在怪人社中總是很安靜，隨著時間過去，話也越來越少。

她的存在感彷彿漸漸被隱去，有時候大家在交談時，甚至會忽略獨自坐在一旁的她。

我感覺太陽穴的地方隱隱作痛。

與夢中那個笑得燦爛的幻櫻相比，現實中的幻櫻……笑容就像被某種原因無情剝奪似的，她不再笑了。

但與夢中的場景相比，現實中……怪人社的其他成員，則是過得更快樂了。

「……為什麼我會一直作夢？」我有些茫然地望著窗外。

窗外的月光，此時看起來疲軟無力。

「這些夢……究竟是怎麼回事？」

第三話

# 用路人開外掛的同人會場稱霸記

為了替日後的最終一戰作準備，怪人社的修煉依舊在繼續。
只是……不得不說，身為怪人社唯一的男性，我還真是勞碌命。
這樣子說可能很突然，但我現在正在動漫祭的會場裡擔任廉價員工。
事情的緣由是這樣子的：
「闇黑眷屬零點一哦——聽好了——!!雛雪身為輕小說繪師，是怪人社重要的戰力之一。
「輕小說如果有超棒的插畫，往往能激勵作家的寫作魂，寫出超乎水準的作品。為了應付一年後的最終決戰，雛雪她必須參與特訓！唔……但是呢，繪畫方面不是吾的專長領域……咯咯咯，必須主動承認吾的不足，活了幾萬年這可是頭一遭吶——
「——總之呢，雛雪的特訓就交給汝負責了，零點一！」
我本來發出了「為什麼是我啊!?」的大喊聲來抗議，但桓紫音老師只是聳聳肩，接著把我們推進了晶星人的道具——「轉轉畢卡索君」裡。
「轉轉畢卡索君」這個道具，可以將玩家傳送進虛擬世界，藉此訓練繪師的畫圖能力，說明書上有這樣子的簡短說明。

……簡短到太過分了。

進入虛擬世界後，我們出現在一間整齊潔白的工作室裡。

工作室很狹窄，大概只比單身族的套房大上一些。房間正中央有相互併起的兩張工作桌，三面牆壁立著塞滿書籍的書架……仔細一看，書架裡的書全都是漫畫。

兩張工作桌上放著零零散散的繪圖用具，這房間……看起來很像雜誌上看到的漫畫家工作室。

……這時天上傳來了系統合成音。

系統訊息：玩家您好，歡迎使用「轉轉畢卡索君」！

系統訊息：本次過關難度被使用者設定為──「地獄難度」。提醒您，這難度只有真正的繪畫達人才能過關。

系統訊息：勝利條件──參加一個月後的「星花動漫祭」，並在動漫祭上賣出一千本自繪同人本。

合成音消失了。

「……」穿著熊熊布偶裝的雛雪向我看來，她目前處於第一人格，眼神像平常一樣看起來空空的，相當沉默寡言。

既然都被丟來這個世界了，也只好接受事實。

「現在該怎麼辦？」雛雪向我舉起牌子。

「嗯……我想想。」

思考過後，我決定出去打探消息。

勝利條件是參加一個月後的「星花動漫祭」，並在動漫祭上賣出一千本自繪同人本。

那個星花動漫祭究竟是什麼東西，必須先弄清楚才行。

「啊，妳就留在工作室裡等我回來吧。」

雛雪乖巧地點頭。

雛雪接觸到異性可能會變成第二人格，這點必須預防才行。

消息什麼的，就由我來打探就好。

原來工作室是在一棟破舊小公寓的四樓。

這棟公寓甚至連電梯都沒有，只能靠爬樓梯來上下移動。不光如此，連外表都十分簡陋——由水泥建造的牆壁外圍，甚至連油漆都懶得粉刷，露出青森森的水泥顏色。

……完全沒有吸引住戶的地方啊，這棟公寓。

除了房租便宜之外，我想不到任何優點了。

環目四望，街道上非常幽靜，周遭只有零零落落的住家，甚至不見商店的存在。

我走了快一公里，才發現第一間便利商店。

摸了摸口袋，其中還有一些零錢，我進去買了一罐運動飲料。

藉著結帳的空檔，我語調隨意地與店員攀談。

「請問這裡是哪裡呢？」

「喔喔喔！小哥是外地人吧，難怪看來很面生啊！」

店員是一個晒得有點黑的年輕小夥子，他頂著一顆刺蝟頭，外露的手臂十分強壯，看起來不超過三十歲。

與一般露出「好想下班啊……」這種頹喪表情的便利商店員工相比，這個黑肉小夥子則是掛著發自內心的燦爛笑臉。

不過，他竟然叫我「小哥」。這稱呼熱情到讓我有點訝異。

黑肉小夥子再次開口：「小哥，這裡是熊尾市的東部，離鬧區有一點距離。平常這附近沒什麼景點吸引遊客，通常只有居民會來這裡採購，所以小哥的光臨讓我有點驚訝吶。」

「原來如此……」

黑肉小夥子把結帳完畢的運動飲料塞到我手上，又對我露出燦爛到爆炸的招牌笑容。

……我最不擅長應付的就是熱情的人，但似乎只能找這傢伙探聽消息了，真令人頭痛。

因為對於打算孑然一身、以孤獨做為人生哲學的獨行俠來說，無意義的情感牽扯是最恐怖的炸藥，隨時會把邁向獨行俠之王的橋梁給炸斷，必須花好長一段時間修復自身道路。

所以對於獨行俠而言，黑肉小夥子這種人是相當難應付的。某種程度上來說，我寧願面對幻櫻這種詐欺師，也不願意與這種人有所牽扯。

但現在既然產生了關聯，我也不能無視對方。於是，我以遲疑的態度，硬著頭皮繼續詢問。

「唔……呃，請問您聽說過星花動漫祭嗎？」

「星花動漫祭？當然囉！那可是熊尾市一年一度的大型活動呢！」

「咦？可以請您說得詳細一點嗎？」

「嗯……用說的很難說清楚呢，畢竟是個歷史悠久的好活動。」

撫摸著有點鬍碴的下巴，黑肉小夥子露出靈光一閃的表情。

「啊，對了，上個月俺在某本少年漫畫的尾頁，有看到這個活動的介紹呢……你可以買去看看。」

「哦哦！總之，詳細情報就在那本少年漫畫的尾頁對吧？我明白了，謝謝你。」

蒐集到關鍵情報，我頓時提起精神。

黑肉小夥子拍拍我的肩膀，依舊露出燦爛到我無法直視的笑容。

「哈哈哈哈哈——太客氣啦，小哥，之後有什麼問題也儘管問俺！」

他就連笑聲也爽朗到讓獨行俠無法承受。

於是在問清楚少年漫畫的期數後，我以逃難般的速度跑出店外。

「……」真是可怕。

如果孤獨之力有屬於自己的血條的話，現在血量大概已經降低百分之二十了。

……趕緊找到那本漫畫，然後回去找雛雪吧。

當我回到工作室時，雛雪已經開始繪圖了。

雖然還在畫第一張原稿，不過漫畫的雛型正在漸漸產生。

除了白色的原稿之外，工作桌上還散落著許多不同粗細的畫筆。雛雪不斷輪替手中使用的畫筆，這點讓我相當疑惑。

「為什麼不用同一支筆呢?這樣畫起來不是比較快嗎？」

雛雪的眼睛睜大，眼神非常驚訝，就像看到原始人說出「快看！這些人竟然不用鑽木就能升火」這種臺詞似的。

她拉過一張白紙，用寫字向我解釋。

「這支是G筆，用來畫主線，線條變化豐富，是常被使用的繪畫器具之一。」

「這支是D筆，用來畫背景的效果線。」

「這支是圓筆尖，用來……」

雛雪似乎打算把筆的用途一口氣告訴我這個「原始人」，彷彿不知道那些筆的用法就是罪大惡極。

或許對於繪師來說，我剛剛的話，已經冒犯到他們的專業領域了吧。

「……我知道了，請原諒在下的無知。」

「……」雛雪點頭。

「那妳打算畫些什麼？」

「……雛雪只是隨便畫畫，題材還沒決定下來。」

「這樣啊……對了，有關星花動漫祭的事，我已經有頭緒了。」

「？」

「星花動漫祭為期三天，是熊尾市一年一度的重大節日，所有ACG相關產物都會在那裡販售。除了各大出版社進駐之外，也有提供專屬區塊給非業界人士銷售自己出產的作品……如輕小說、同人漫畫、自製抱枕等等。」

「……聽起來好厲害。」

「確實是很厲害的東西，據說去年的單日人潮流量是五十萬人……」

「……光是想像就讓人雙腿無力的人數呢♥。」

「為什麼妳結尾要畫個愛心！」

「嘻嘻……畫愛心不行嗎？柳、天、雲、學、長──」

最後一句話，雛雪是直接說出口的。

雛雪的愛心眼直盯著我，朝我舔了舔嘴唇。

這時候我才忽然意識到──我離雛雪太近了。

糟糕，光顧著說話，不小心觸發她的第二人格了。

雛雪將背脊向我靠來，以後背頂著我，抬頭向我說話。

她比我嬌小很多，站在我前面時，熊熊布偶裝的耳朵剛好搔到我的下巴。

「在這種單獨相處的密室，青春期的少年少女就、就算發生一些奇怪的事，幻櫻學姐、風鈴學姐、沁芷柔學姐她們也不會發現的哦～」

雛雪的語調，帶著興奮的抖音。

偏偏她的表情還十分認真，讓人心中升起一陣無力感。

我頭痛地按住額頭，「──什麼事也不會發生！給我乖乖坐下，話還沒說完！」

「啊、啊、啊、啊、啊、啊──!!啊啊……這就是傳說中的放置 Play 嗎？沒想到學長竟然是玩弄別人的高手呢……好開心喔……好開心喔！」

雛雪竟然興奮到發抖，以雙臂抱著自己，大腿有些乏力地彎下。

「……天誅！」

迫於無奈，我使出了桓紫音老師的手刀必殺技。

雛雪正坐在我面前，像希望被餵食的寵物那樣露出渴求的眼神。

我努力無視她的表情，硬是把話題繼續下去。

「咳咳……總之呢，星花動漫祭去年的單日人潮流量足足有五十萬人，要賣出一千本應該不是什麼難事吧？」

「欸──!?學長竟然是這麼天真的人嗎──!?」雛雪忽然掩口驚呼。

「!?」

「學長，恕雛雪直言……沒想到學長對這個現實世界的認知，竟然連您精通的『調教技能』的千分之一都不到。」

「……我才沒有調教技能。」

「可是桓紫音老師當初來找我時，曾經拍著她貧乏的胸脯向雛雪不斷吹噓學長是個多麼鬼畜的男人。就是因為崇拜學長的變態與鬼畜，雛雪才下定決心加入怪人社的。」

雛雪加入怪人社的真相竟然是這樣嗎!!!!!!難怪剛入社時，雛雪不斷問其他人：「不聽話會不會被學長武力侵犯？」

「Stop！別再說了!!」

事實往往比想像中殘酷。

如果我有心臟病的話，聽完雛雪的入社原因，大概會馬上病發暴斃吧？

「呼……呼……呼……呼……」我調勻呼吸。

雖然對桓紫音老師累積了火山爆發般的怒氣，不過也只能等出去再算帳了。

現在最重要的，是必須通過「轉轉畢卡索君」的關卡考驗，讓雛雪的繪畫能力獲得成長。

——也就是說，必須在星花動漫祭賣出超過一千本同人本。

我按捺怒氣，再次把談話內容導回正題：「為什麼妳剛剛說我對現實世界的認知，不到調……不到○○技能的千分之一？我說錯話了嗎？」

「是的，學長確實太天真了。」

「天真？怎麼說？」

「雛雪之前曾經參加過校外的繪畫同好會，與幾個畫技不錯的朋友一起繪製同人本，拿去動漫慶典販售……雖然那個慶典的規模比星花動漫祭小很多，印象中單日人潮最高流量只有十萬人，但是……我們連續擺了三天的攤子，最後只賣出一百本同人本。」

「一百本!?」我非常訝異。

因為單日人潮流量十萬，連續賣了三天，只賣出一百本……這是會讓畫家產生絕望的渺小數字。

雛雪的畫技非常厲害，就算馬上擔任職業插畫家也不成問題吧。

這麼厲害的繪圖高手，在同人業界裡面，也只能繳出慘淡的成績……簡直令人無法想像。

還好雛雪看起來並不沮喪，她伸手在頭上模仿貓咪耳朵。

「學長，你明白了喵？」

「……」

「很多時候，要在同人業界生存喵，必須倚仗的已經不是畫技，而是行銷手法與人脈資源的運用。如果被安排在最偏僻的角落裡，再怎麼樣的業界大手，銷量也會銳減的喵。」

行銷手法跟人脈資源，這兩樣我們都沒有。

難道活動還沒開始，就已經註定失敗了嗎？

「嘻嘻，但是也不必灰心喵，雛雪跟學長聯手的話，一切都沒問題喵。」

「……可以不要一直『喵』嗎？妳身上穿的明明是熊布偶裝。」

「雛雪有貓娘魂哦，這樣就夠了喵。」

「……」

真善變啊，這女人。

雛雪終於安分地開始繪畫了。

劇本、分鏡、作畫全部都由她一個人擔任，我這個超級門外漢也只能在旁邊納涼而已。

我試著像大雄一樣用雙手枕在腦後睡午覺，卻發現在虛擬世界中根本無法入睡。

無奈之下，我開始東張西望，最後視線停留在雛雪身上。

……如果安安靜靜不說話，這傢伙倒是滿可愛的。

雛雪在布偶裝下藏著的肌膚，因為很少晒太陽的關係非常白皙，看起來十分滑嫩。

「……話說學長。」

「？」

「……你在視姦雛雪嗎？」

「嗚！」

「……猜中了嗎？」

「猜中個鬼啊！」

「哦——？」雛雪發出非常曖昧的延長音，俏皮地睜著單眼向我看來。

她提筆繼續作畫，又過了一陣。

「……話說學長。」

「這次我沒有偷瞄妳喔！別再汙衊我了！」

「……雛雪沒有那樣想，學長的思想真是汙穢呢。」

「嗚！」我捧著胸口，感覺心臟又氣得漏跳了一拍。

論惹怒別人的本領，雛雪絕對是一流的。

……我想起來了，之前在「輕小說之闇黑美食廟會」中，雛雪也非常輕易地激怒了一堆敵人，讓我應付得非常吃力。

雖然平常在怪人社中，維持無口型態的雛雪安安靜靜的。不過一旦產生人格變化，相處起來真令人頭痛啊……

「……話說學長。」

「幹、幹麼!?」

這次我的語氣變得很謹慎。

獨行俠由於沒有太多失敗的餘地，因此記取教訓的速度非常快。

「……雛雪覺得好熱。」

「會嗎？」

「……我可以脫掉布偶裝嗎？」

「隨妳……等等，可以先問妳布偶裝下面穿什麼嗎……？」

「布偶裝下面？雛雪什麼也沒穿哦。」

「——那就別脫！」

「……話說回來，雛雪沒有必要徵詢學長的同意呢。」

「妳——!!」

我一句話還沒說完，雛雪就以雙手交叉的動作，把熊熊布偶裝往下一拉。

如果布偶裝下面什麼也沒穿，之後肯定會出現春光乍現的場景吧？

隨著「嘶啦」的脫衣服聲響，熊熊布偶裝被雛雪迅速脫掉了。

然後……

然後，我看見……熊熊布偶裝的下面是貓咪布偶裝。

「呼……」

雛雪抹去頭上一層薄薄的汗水，像是完成了某件大工程那樣。

……她大概很誠實，布偶裝下什麼也沒穿。

不過，布偶裝不只一件啊啊啊啊啊！

這一瞬間，我完全無法抑制自己吐槽的衝動：「難怪妳會熱！妳到底套了幾層布偶裝啊！」

「呃……嗯……」

「層數竟然多到需要思考!?」

「……學長真沒禮貌，這是女孩子的祕密哦。」

我按摩自己的太陽穴。

好吧。待在怪人社這麼久了，我早就學會接受各種怪人怪事了。

總之我只能默默幫雛雪加油。

雖然僅能旁觀，不過……至少可以見證這位怪怪繪師獲得成長。

如果我也能幫上一點點忙的話，那就更好了。

……我拿著雛雪畫好的同人本原稿在街上晃。

毒辣的太陽讓我感到口乾舌燥。頂著刺眼的陽光，我低頭再次審視這份原稿。

雛雪的同人本內容是這樣子的：

某天有一名孤獨的劍士，他墜河之後流落到了異世界。

而那個異世界，已經被恐怖的魔王所統治，精靈、矮人、地精、半人馬……諸多種族在魔王的陰影下狼狽存活，靠勞力賺取的金錢也受到壓榨，大家都過著窮苦的生活。

孤獨劍士在原本的世界就是超級厲害的強者，又是路見不平就會拔刀相助的那種超級好人，加上他是個超級帥哥……匯集了三個「超級」於一身的男人，一路過關斬將，擊敗三大魔將與四大天王一共十人後，他終於站到了魔王面前。

先不提三大魔將加四大天王為什麼會是十人——持著冒火的大劍，孤獨劍士的身影真的非常帥氣。

「我的名字是薩魯曼．科博維奇多．火獄．劍助——!!」

擁有超級長名字的孤獨男人對魔王自報名號。

魔王自然不甘示弱。坐在高處的王座上，全身被黑色霧氣籠罩的魔王也自報姓名。

「吾名為闇．維希爾特．魔焰！放棄吧，勇者哦……這個世界已經被吾掌握在手上了！」

……這名字好耳熟，總覺得雛雪對怪人社裡的某人有相當程度的不滿。

薩魯曼．科博維奇多．火獄．劍助冷笑。

「廢話少說，弄得生靈塗炭的魔王啊——給我納命來！」

兩個人展開了驚天動地的打鬥，魔王城都塌了半座，最後勇者成功取勝，回國後與異世界的美少女公主結婚。

從此之後，勇者與公主過著幸福快樂的日子。

可喜可賀。

可喜可樂。

……

這本同人漫畫的名稱是《漆黑的勇者之印》。

看完後，我把原稿重新疊好。

雛雪的作品貌似是借用某部知名冒險動畫的世界觀，不過主角以及怪物都是自創的。

「嗯……既然這是虛擬世界……說不定可以跟情報商人買到有用的情報，或是向居民打聽消息……」一邊胡思亂想，我依舊在街道上不斷前進。

總之，先去別的地方看看吧。

我走進便利商店。店內的冷氣開得很強，寒氣帶走了身體表層的暑意，讓我的精神振奮不少。

由於我不是漫畫方面的專家，又想起便利商店裡的黑肉小夥子非常熱情，又似乎喜歡看漫畫，所以想問看看他對於這篇漫畫的意見。

雖然獨行俠的宗旨是依靠自身而活，不過既然這裡是虛擬世界，那把這個黑肉小夥子視為ＮＰＣ，在某種程度上來說也沒錯。

說不定他就是破關的關鍵也說不定。

既然如此，我可不能放過這個明顯的線索。

我走到櫃檯，向黑肉小夥子鄭重提出我的請求，沒想到他一口答應，讓我既錯愕又驚喜。

「啊、那就有勞您幫忙看原稿了。」

「喔喔喔喔喔！那有什麼問題，俺現在正閒著呢，交給我吧！」

黑肉小夥子發出興奮的怒吼聲，真是爽朗過頭的傢伙。他接到看原稿的委託似乎很高興，在我肩膀上重重一拍。

或許在這種一天不到十個客人上門的冷門店面，不找點事做會無聊到發慌吧。

看原稿時的黑肉小夥子意外的安靜，店裡只剩下「沙沙沙」的翻閱聲。

「嗯……」

他看完後，抓了抓後腦杓。

「該怎麼說……這是一部相當微妙的作品呢。」

……相當微妙？我趕緊提出詢問。

黑肉小夥子把「薩魯曼．科博維奇多．火獄．劍助」大聲吼出名字的那頁原稿抽到最上方。

「你看看，這個主角的設定是孤獨劍士吧？但是他對魔王自報家門時，卻吼得非常熱血，總覺得有點不符合形象。

「再來就是主角跟魔王的名字太長了——!!長到讀者翻閱過後不會留下任何印象！為什麼不簡單明瞭地叫『劍助』、『魔焰』就好了呢？

「還有這部作品竟然沒有女主角……冒險漫畫沒有美少女點綴的話，會變得十分乏味，就像沒有加調味料的白飯一樣單調。」

黑肉小夥子十分惋惜地指出各處缺點。

經他這麼一說，這部作品頓時變成除了畫技之外一無可取的作品。

不過，評論可以說是一針見血。

……真是個厲害的ＮＰＣ啊。

「非常感謝您的指導。」我由衷地道。

隔行如隔山，在這裡就是最佳寫照。

想必經過這次事件，我們破關的可能性會提升一些吧。

「……過程就是這麼回事。」

我將原稿放回雛雪面前。

雛雪盤腿坐在坐墊上，從低處將眼神投向我。她手上玩弄著G筆，愛心眸帶著一點笑意。

我回望她。

「ＮＰＣ先生對我們說，妳的孤獨劍士的臺詞有點不符合形象。」

「欸——!?可是那樣很帥耶!!」

「……再來，他說妳的人物名字太長了，不如叫做『劍助』跟『魔焰』就好。」
「這樣取名土爆了，學長不覺得『嗚噁……』的吐槽音效要響起了嗎？名字就是要長才帥啊！」
有人被吐槽時會響起「嗚噁……」的音效，是某個知名綜藝節目的特色，只要有人說出很笨很蠢的話，通常音效也會準備響起。
但不管那音效會不會真的響起，雛雪未免也太任性了。
用牽強的藉口掩蓋自身的失敗，以捏造的事實映出鏡花水月……如果只有這種程度的器量，距離勝利者的道路會越來越遙遠。
認清自己的弱小是獨行俠的求生本能，所以我比任何人都還要清楚這種行為的危險之處。
「……」雛雪心不在焉地轉著G筆，完全把剛剛的建議當耳邊風的感覺。
……這樣下去不行。
照這種態度的話，我們是沒有辦法通過「轉轉畢卡索君」的考驗的。
……幸好。
幸好——黑肉小夥子指出的原稿缺點，還有一個。
「還有這部作品竟然沒有女主角……冒險漫畫沒有美少女點綴的話，會變得十分乏味，就像沒有加調味料的白飯一樣單調。」
他是這麼說的。

對於以男性為主打客群的漫畫來說，這是非常嚴重的失誤，說是作品的致命傷也不為過。

如果說出這個缺點的話，想必雛雪也會啞口無言、好好反省進行修正吧。

如果這次雛雪依舊強詞奪理……怪人社裡只有雛雪是一年級學生，看來就是我該發揮學長身分說教的時候了。

於是，我以鄭重無比的語調向雛雪道出了第三個缺點。

「NPC先生說……這部作品沒有女主角，因此變得十分乏味，就像沒有加調味料的白飯一樣單調。」

「!!!!!!」

雛雪手中的G筆落地，表情震驚到幾乎扭曲。

「學、學長……？」她甚至連語氣都結巴了。

竟然如此驚訝……嗎？看來雛雪雖然是個戰鬥力破萬的怪人，不過果然還有得……

「學長……你在說什麼東西呢……？」雛雪的話聲打斷了我的思考。

「咦？」我一呆。

「如果雛雪的作品裡加入女主角的話，不就肯定會變成H漫了嗎……？H漫不能在星花動漫祭販售的吧……？」

「……啊？」

「還是說看雛雪羞恥地畫著H漫，受辱般地用畫筆使人物曲線原形畢露，是學長進入這個世界的最終鬼畜目標呢……？」

「……」我沉默。

盯著我的臉，雛雪像是擅自理解了什麼一樣，忽然露出恍然大悟的表情。

接著她變得很興奮，雙臂緊緊抱住自己，嬌軀不斷顫抖，連愛心眸都在逐漸放大。

「啊、啊啊啊、啊啊啊啊啊啊……原來如此……原來如此啊……學長果然就像桓紫音老師宣稱的那樣鬼畜呢！真是太棒了，鬼畜王最高！」

最後，雛雪露出無比幸福的表情。

並且，在接下來的日子裡，她忽然變得很聽我的話，竟然願意主動修改作品裡的缺點。

「如果是鬼畜王學長的話，雛雪不能不聽的說。」

「……我是獨行俠之王。」

「獨行俠之王只是表面上的身分吧，嘻嘻。知道了啦，雛雪會替學長保守鬼畜王的祕密的。」

「……」

我再次按住太陽穴，並感受到自己額際有好幾條青筋在跳動。

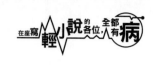

又過了一陣子，星花動漫祭終於來臨了。

自全國各地湧入熊尾市的人潮造成交通堵塞，原本寂靜的公寓附近，車流量漸漸多了起來。

這段期間我忙於處理同人本的印刷事務，忙得暈頭轉向。

來勢洶洶的遊客不斷湧入，熊尾市迎來了熱鬧氣氛的最高峰。

星花動漫祭在熊尾市的市中心，那是一棟政府專門修築用來舉辦活動的寬敞大樓，這棟建築物被命名為「星花大樓」。

星花大樓可以藉由各式交通工具抵達。電車、火車、公車、捷運等等，如蜘蛛網般密密麻麻的交通線，以星花大樓為中心點擴散出去。

在星花動漫祭的C會場，一個不算太偏僻的位置裡，是我跟雛雪的攤位。

為了取得這個攤位，申請手續也十分麻煩，這裡就先略過不談。

不過，在超乎想像的忙亂後，所有手續都沒有出差錯，真的是太好了。

畢竟像我們這種販售同人本的新手，發售日當天才發現印刷錯誤、貨品未到、攤位劃錯因此引發糾紛的情況，也是屢見不鮮。

在星花動漫祭開始前，憑著社團證提早進入會場的我與雛雪，很快抵達了屬於我們的攤位。

由於大會的工作人員會幫忙把商品搬到定位，此時我們的攤位上，已經疊起裝滿書的沉重紙箱。

足足一千本同人本。

它的銷售量，同時也關係到「轉轉畢卡索君」的破關希望。

在一切都準備就緒的此刻，我才忽然領悟到桓紫音老師的用意——

只是一個人埋頭苦畫的話，思想很容易被自己蒙蔽、逐漸僵化。桓紫音老師之所以給了雛雪「通過『轉轉畢卡索君』」這個任務，是為了讓她在同人本市場的競爭下發現更多自身的缺點，從而使畫技得到本質上的昇華。

雖然看起來是很胡鬧的主意，但仔細深思，竟然是這麼厲害的做法……果然不能把桓紫音老師當成單純的中二病呢。

繪師是輕小說家最佳的夥伴之一。

如果繪師的能力提升了，將插圖畫得更加鮮明生動，那作家也很容易從中得到啟發，讓自己的寫作能力更上一層樓。

然而……桓紫音老師派我來幫助雛雪，也是害怕雛雪無法獨自過關吧。

畢竟一個人的話很容易懶散、滿足於現狀，那是幾乎連獨行俠也無法避免的……迂腐的人類根性。

「……」

雛雪又變回了無口狀態。

畢竟第二人格的她實在太容易激怒別人，或許這個虛擬世界中也有血條，我沒有把握自己不會被氣死。

星花動漫祭為期三天，會場開放時間是每天早上九點到下午五點。

現在離開館還有一點時間，我跟雛雪待在自己的攤位後，準備迎接客人上門。

「……學長，我們能賣出一千本嗎？」雛雪寫字向我詢問。

「當然可以。」我點點頭，看向雛雪。

這段期間她非常努力，只要提出的意見合理，她在考慮過後就會仔細修正。原本亂七八糟的《漆黑的勇者之印》同人本，現在也變得十分出色了。

但是準備得越充足，真正上陣時往往會越不安。

不安的根源……來自「結果就是一切」的世俗規則。

沒有比準備萬全還失敗更刺痛人心了。因為害怕承受那樣的痛，將其埋入潛意識的深處，僅化為一絲不安纏繞在心頭，安慰自己：「啊啊……那樣的事是不會發生的。」

然而，那樣不過是自欺欺人罷了。

唯有正視自己的弱小，對敗北的苦悶不為所動，才是強者的真正典範。

初遇幻櫻那陣子，C高中舉行了第一次校內比賽，當時我在C高中僅獲得第三名，慣於勝利的我心靈幾乎崩毀……由此可見，那時的我還不夠強大。

但是，現在的我不同了。

就算我還沒取回巔峰時期的實力，心靈的堅強程度也遠非當初可比。

所以說……

「……前輩好過分。」

雛雪將繪圖板在我面前晃了晃。

「竟然晾著美少女一個人在那邊發呆……嗯……是在意淫些什麼嗎？不愧是鬼畜王呢。」

「……」

我要修改前言。

這傢伙就算是無口型態，也非常氣人啊。

早上九點終於到了。

在秒針轉至「十二」的那一瞬間，會場入口處傳來驚天動地的喊叫聲。

入口距離C會場這裡至少有兩百公尺，中間更隔了一大堆販售動漫周邊的商品棚，即使如此……傳來的聲浪依舊是無比驚人。

「殺啊啊啊啊啊啊啊啊啊啊——」

「我要搶到見面會最好的位置啊啊啊啊啊啊啊啊啊——」

「前面的臭傢伙快讓開，你們擠在門口大家怎麼進去——!?」

會場正中央，也就是B會場——九點半似乎會舉辦火樹奈奈的見面會。

火樹奈奈是虛擬世界中當紅的聲優兼歌手，常常擔任動畫的女主角配音役，在過年時也會參與紅白節目的演出，是個兼具美貌與才華的好女孩。

正因為這麼厲害的人會蒞臨，導致遊客湧入會場的速度遠超工作人員的預估，甚至連拉起引導線效果也非常不佳。

為了爭搶限量商品，遊客如洪水般衝入會場各地，整個星花動漫祭頓時一片凌亂。

「哦哦！這股人潮量，看來一千本是有希望的。」

在吵雜的會場裡，我必須把聲量放大才能讓雛雪聽見。

「……嗯。」

不過，用寫字的雛雪沒有這個困擾就是了。

在這時候，第一波客人經過了我們的攤位前。

我跟雛雪都提起了精神，正打算招呼客人，但是對方竟然完全忽略了我們的攤位，朝著前方衝去。

沒有半個客人在我們的攤位駐足，更別提購買了。

「!?」

超乎預料的發展讓我有些不知所措，我從攤位上探出頭去，發現那些客人全部擠在某家動漫攤位前面排隊。

那家店主要是販售魔法少女的自繪同人本，並僱用許多Cos動漫人物的可愛工讀生幫忙招呼客人……由於態度親切、服務人員可愛、攤位又十分顯眼，頓時吸引走了大多數客人。

許多客人帶著心滿意足的模樣，抱著一大堆剛從那攤位買來的《魔法少女小麻美》同人本離開。

乍看之下，《魔法少女小麻美》的同人本除了畫技優秀之外，還附有兩段式封面設計，單獨打開上半部封面的話，封面上黃色捲髮的魔法少女看起來就像斷頭了一樣。

……真是意義不明的奇特設計啊，不過確實吸引到了客群。

奇特的封面彩蛋……不限制客人採購數量的大手筆……可愛的Cosplay工讀生，光憑這三點設計，我們的攤位相比之下顯得非常寒酸。

而且我們的攤位還有一個致命的弱點——那就是我跟雛雪都不會攬客。

獨行俠缺乏與他人交流的能力，至於雛雪根本就是無口。如果冒險讓雛雪變成第二人格，我們大概會被工作人員趕出去。

我跟雛雪呆呆坐在位子上等著客人上門，時間慢慢流逝，第一天就這樣過去了。結果。

結果……第一天的銷售成績，竟然是慘不忍睹的三本。

第二天，我們賣出了六本。

也就是說，我們努力了兩天，加總銷量還沒辦法突破個位數。

「……學長，往好處想的話，我們第二天的業績翻倍了不是嗎？」雛雪如此寫道。

……這是傳說中的精神勝利法嗎？

起始的基數這麼小，星花動漫祭又只持續三天，就算最後一天業績再翻倍，也無法改變失敗的結果。

但既然雛雪都這麼安慰我了，我也只能勉強打起精神對她微笑。

「……學長，你的笑容好僵硬。」

「沒、沒辦法呀！用笑容來爭取生存的空間，本來就不是獨行俠的習慣。」

我跟雛雪偶爾拌嘴，但大部分時間都處於沉默狀態。

看著一波又一波的客流經過，但大部分客人的目光都被《魔法少女小麻美》吸引，我們的攤位簡直就像會場的擺飾。

眼看最後一天也接近中午，在這時候卻有一個意料之外的訪客經過。

「唷！這不是小哥嗎！」

……是黑肉小夥子。

黑肉小夥子已經換下便利商店的店員制服，此時頭上綁著白色毛巾、穿著汗衫，露出結實的兩條臂膀。

他兩手提著數量嚇人的牛皮紙袋，那些紙袋上幾乎都印著動漫人物，顯然他是來這裡大採購的。

「哈哈哈哈哈，小哥你也真是見外呢，既然有來這裡擺攤，怎麼不告訴我一聲呢？」

面對他的熱情，我有點不習慣，向他打了個招呼。接著，黑肉小夥子的注意力轉移到桌面的同人本上。

「書名是……《漆黑的勇者之印》？哦哦，這是小哥你之前給我看過的原稿，現在印成本子出來賣了嗎？」

「是、是的！那時多虧您的指點！」

坦白說，我對這個NPC抱持非常高的敬意。

就像遇到了剋星的感覺，他那爽朗過頭的笑容，與被雛雪說「笑容好僵硬」的我比起來，根本就是兩個不同世界的人。

能這樣快樂地生活，本身就是一種強大的本領。

如果獨行俠是孤寂之道的極致，那麼在遙遠遙遠的另一端，與孤寂之道完全反方向的末端上——或許就存在著黑肉小夥子這樣的人吧。

「啊，別看我外表這樣，其實我是個動漫迷呢。」

黑肉小夥子把手上的一大堆紙袋放到地上，付錢向我們買了一本同人本。

原本我以為這段插曲會就這樣結束，沒想到黑肉小夥子竟然站在原地，開始翻閱我們販售的同人本。

一邊看，他一邊吐出感想：「哦哦哦哦哦哦!!小哥！這不是很不錯嗎!!!!不只把缺點都修正過來，而且女主角也那麼可愛！」

黑肉小夥子用力拍我的肩膀，力道還是那麼沉。

「……」

雛雪以空空的目光盯著黑肉小夥子，接著又看看我。

「……BL？」

雛雪在我面前立起繪圖板。

我馬上吐槽：「B妳個頭啊!!」

看到我們的動作，黑肉小夥子笑了。

「對了，小哥，我也在這裡站一段時間了，你們攤位的生意似乎不太好呢？」

「……」面對他的疑問，我坦承以告：「是的，而且因為某種原因，我們必須在活動結束前賣出一千本同人本，現在連零頭都沒有。」

「哦，看起來你們是缺乏宣傳？別的攤位都請了好多員工呢。」黑肉小夥子一針見血地問。

我點點頭。

得到肯定的答案後，黑肉小夥子笑了。

「小哥！你思想還真是含蓄，要宣傳的話，這不是很容易嗎——」

「？」我還沒反應過來，便看見黑肉小夥子用力吸了一口氣，原本就相當厚實的胸膛被空氣給撐起。

**「喝啊啊啊啊啊啊!!這裡有好好看的同人本啊啊啊啊啊啊啊啊!!!!大家快來買啊!!!!」**

像打雷一樣嚇死人的音量傳遍了整個會場。

黑肉小夥子就這樣連續喊了十次，接著……

他就被警衛給架出場外了。

懷裡抱著大包小包的紙袋，黑肉小夥子在被警衛們拖走之前，還不忘大聲替我們加油。

「哦哦哦哦哦哦哦哦哦哦小哥，你們要加油啊啊啊啊啊——！」

「……」

「……？」

我跟雛雪都是無言。

第一次見到黑肉小夥子的雛雪，比我更加震驚。

「真是個熱情的人。」她立起板子。

「是、是啊。」我很勉強地回答。

但是，原本抱持著失敗準備的我們，卻迎來了意想不到的轉機。

許多人向C會場趕來，嘴裡詢問著類似的話題。

「『雷公』這次也出現了嗎!?」

「什麼！你是說那個每次動漫祭都會大叫『大家快來買啊啊啊啊啊——!!』，其實是個超級動漫達人，推薦的同人本都是神作中的神作的那個『雷公』嗎!?」

「快快快，去問問剛剛『雷公』是在哪個攤位大叫的，晚了就來不及了!!」

「啊！在這裡！雷公剛剛就是在這裡被警衛拖走的！」

「該死！怎麼已經排了這麼多人？」

在黑肉小夥子被拖走一分鐘後，我們的攤位前已經擠滿了人。

客人們手上握著鈔票爭先恐後地推擠，這是之前無法想像的事。

「老闆！我要買一本！」

「我要三本！」

「在下要十本！」

「都別吵！這個推車上能裝多少本，俺就買多少本了！」

意想不到的轉變讓我跟雛雪都傻了，不斷重複著結帳、交貨的動作，直到雙手都麻掉為止。

時間在忙碌中飛速流逝。

在星花動漫祭結束的前十分鐘，一千本同人本已經全部賣光。

「轉轉畢卡索君」的系統音效也跟著響起：

「恭喜玩家通過考驗，遊戲將在『星花動漫祭』關閉後結束……請耐心等候。」

利用最後剩下的一點時間，我跟雛雪走出了會場，躺在附近公園的草地上休息。

悠哉地看著天空上一朵朵白雲，世界感覺起來是那麼的祥和，與剛剛的忙碌地獄有極大的反差。

——靠著別人的幫助過關了呢。

雖然那個黑肉小夥子是ＮＰＣ，卻是這一次能夠過關的關鍵人物。

如果只靠我跟雛雪的話，即使作品再優秀，缺乏了宣傳，多半也不會有人注意到我們的攤位。

經過這次事件，我察覺自己內心深處有某處想法在悄悄產生變化。

……這世上，畢竟還是有獨行俠做不到的事。

就像怪人社裡有桓紫音老師、幻櫻、雛雪、風鈴、沁芷柔那樣，唯有大家都到齊了，才是圓滿的整體。

有可能……我並不如自己想像中那樣能撐。

過於艱苦的困境還是會壓倒個人，這時候，或許只有「圓滿的整體」能夠度過難關。

……原來如此嗎？

我閉上雙眼。

「請各位玩家注意，即將進行意識傳送，倒數計時開始……十……九……八……七……六……五……四……」

在「轉轉畢卡索君」倒數到最後三秒時，我睜開眼睛。

最後……我看見天空上有一朵白雲，幻化的形狀跟黑肉小夥子的笑臉好像好像。

# 第四話 合宿哈啦的晚餐

雖然遊戲中的設定是春天，但實際上，現實世界已經邁入冬天。

在季節徹底入冬後，氣溫也一天比一天低。

尤其現在C高中位於海島上，寒流來襲時更加凍人。

也因為這樣，怪人社正中央的榻榻米上多了一張暖爐桌，鑽進去時全身暖洋洋的，擁有讓人不想離開的魔力。

某天我踏進怪人社時，發現暖爐桌的四面，分別被幻櫻、雛雪、風鈴、沁芷柔占據。

看來在桓紫音老師到來前，大家已經習慣鑽進暖爐桌裡打發時間了。

「真暖和啊……發明暖爐桌的人真是個天才，應該得諾貝爾獎才對。」沁芷柔如是說。

其餘三名少女點頭附和，一副深有同感的樣子。

「……」

為了通風，怪人社依舊打開天窗透氣，此刻冰冷的空氣從窗外灌進，我打了一個哆嗦。

我本來也想鑽進暖爐桌，但此刻桌子每一面都有一個人，如果硬要進去的話，勢必會跟某個人擠在一起。

考慮到這樣子做可能會引發很嚴重的後遺症，於是我拉過一張椅子，獨自坐在教室角落。

但是不久後又有一陣寒風吹來，使我鼻子一陣發癢。

「哈啾——」我打了個噴嚏。

「弟子一號，別自作聰明地逞強，會冷就來暖爐桌這裡啊。」

幻櫻的語氣很平淡，跟夢中的她……差了好多好多。

「前、前輩！來風鈴這裡也沒關係喔！」

「為什麼是去妳那裡啊!?臭狐媚女！本小姐這裡位子也很寬敞的哦。」

「……學長如果不介意的話，可以使用雛雪這裡。」

「狐媚女二號!!妳為什麼總是能輕易把這麼羞恥的話說出口？」

「……因為雛雪是用寫的……？」

「不、不准挑我語病！」沁芷柔羞憤的喊叫聲響遍怪人社。

……我望著這些輕易掀起紛爭的少女。

如果我現在照鏡子的話，大概能看見「果然又吵起來了嗎」的無奈表情。

不過……任由她們擅自誤會下去，其實是一件很糟糕的事。

身為一名獨行俠，被誤認為是一個沒有暖爐桌就無法生存下去的軟弱角色，簡直比死還痛苦。

再這樣下去，我在怪人社裡的地位會越來越低的。

為了不使事情發展到那個地步，我應該要採取行動——

我猛然站起身來，一把推開了窗戶，迎著寒風肅然而立。

帶著海水氣息的冷風從窗外呼呼灌進，平靜了我撩亂不安的心。

在這瞬間，我的思緒彷彿遠離了塵世。

「嗚咿……!!好冷喔，風灌進來了！快把窗戶關起來啦，小心本小姐揍你！」

「前、前輩……」

……雖然身後，依舊有來自塵世的喧囂，不過沒關係，這完全無損我柳天雲的排場。

我不理會身後的無謂聲音，一甩想像中的袖子，面對窗外發出長吟：

「天將降大任於斯人也，必先苦其心志……勞其筋骨……餓其體膚……空乏其身……行拂亂其所為，所以動心忍性，增益其所不能！」

吟完名人格言後，我感受到字句中來自天地的豪情，於是忍不住哈哈大笑起來。

我一邊笑，一邊轉過身，想看看自己營造了什麼效果。

「哈哈哈哈哈……如何，妳們感受到我柳……」

「——!!」

我的笑聲忽然中斷，全身冷汗直流。

因為我看見了……已經離開了暖爐桌，一邊按著指節一邊朝我靠近的幻櫻與沁芷柔。

「喀啦」一聲，怪人社大門被人推開。

寒風中，桓紫音老師踏進教室。

將右手手掌立在臉蛋前方，做出抱歉的姿勢，桓紫音老師不太好意思地發言：

「抱歉抱歉……吾今天被一點凡人的俗事纏身吶，來晚了一點……」

但她很快就發出了驚叫聲。

「零、零點一！汝怎麼了！」

桓紫音老師快速奔跑到我的旁邊，蹲了下來，用十分悲憤的語氣朝天空發出吶喊。

「這股殘存的氣息——是大天使長加百列率人下的毒手嗎——!?

「啊啊……吾感應出來了……來者至少有大天使長加百列、十名九翼聖天使、數十名六翼以上的上級天使……!!

「雖然零點一又殘念又缺乏作用，畢竟也追隨了本吸血鬼皇女五千多年……神聖陣營，汝等好狠的心，竟然趁吾不在下此毒手!!」

……

原本躺在地上的我坐起身來。

「……我還沒死好嗎，只是鼻青臉腫而已。」

「不、不愧是零點一，真是頑強的生命力啊！」

「別在這種地方佩服我！」

我轉頭向怪人社其他成員看去。

幻櫻跟沁芷柔都露出有點心虛的表情，很有默契地撇過頭去。

「……」

桓紫音老師也湊近了暖爐桌，跟風鈴擠在一起，將下半身鑽進熱烘烘的被窩裡。

她露出片刻被熱氣溫暖的陶醉表情，但馬上將視線投向我，像是警覺到什麼一樣繃起臉。

「咳咳咳咳咳，吾可不是貪圖享樂！只是沒想到，諸神之戰會導致冰河時期提早來臨……來自深淵的凍氣……差點令吾的血之力無法防護。」

桓紫音的中二病言語，導致其他人露出有些茫然的表情。

……還好我聽得懂。

上面那句翻譯成正常人的話，就是：「沒想到在海島上C高中會這麼冷，低溫遠超我的預期。」

明明是很簡單的一句話，卻能形容得這麼複雜，桓紫音老師也真是重度中二病。

不過，其實我一直很納悶……其他人通常要推敲半天才能理解，為什麼我明明沒有中二病，卻可以聽懂桓紫音老師的說明？

納悶形成了謎團，這是我心目中怪人社的謎團之一，幸好獨行俠的強大往往直達世界的真理，所以我能聽懂也是很合理的。

「所以說！闇黑眷屬們唷——!!在這種凍氣下……吾等該完成的任務，不是很明顯了嗎——」

桓紫音老師用很激昂的話聲試圖激勵大家。如果她別一邊剝暖爐桌上的橘子、一邊說話，可能會有點帥氣吧？

「——那就是寫作合宿!!」說完，她故意頓了頓。

「吾等必須進行一場盛大隆重的寫作合宿，來換取足以度過冰河時期的血之力！」

「咦……？那個……能請老師您解釋得詳細一點嗎……？」

「首席大尊爵爆破黑暗騎士！身為吾的頭號下屬，汝竟然說出如此愚蠢的問題！」

「可、可是……」

「沒有可是！」

「嗚……」風鈴縮起了肩膀。

桓紫音老師將好幾瓣橘子塞進嘴裡，一邊使勁嚼著，含糊不清地開口。

「吾這樣說好了，在動畫、漫畫、輕小說裡不是常常見到主角們為了增強實力，大家遠離學校，在海邊、深山或是某個不為人知的祕密聖地進行修煉嗎？」

……確實是常見的橋段呢。大家點頭。

「也就是說，汝等為了未來能把類似的段落寫得更好，必須親身體驗才行。

「再來，現在C高中實在太冷了，會影響汝等的學習效率。偶爾更換寫作環境，開闊自己的眼界，對突破瓶頸其實是非常有幫助的。」

……好像很有道理。

被桓紫音老師這麼一說，合宿的確有進行的需要。

「……」桓紫音老師將剩下的橘子一口塞進嘴裡，從被窩裡興沖沖地爬出。

接著，她從怪人社的大門外拖進一臺晶星人的機器。

「登登登～轉轉合宿君！」

……看來這傢伙早有預謀了啊。

總而言之，怪人宿的寫作合宿就這樣被決定下來。

桓紫音老師迅速擺弄好機器，接著把大家拉到了機器前面，以非常快樂的語氣揚起手臂。

「事不宜遲，let's go、let's go——!!」

「……」

我、幻櫻、風鈴、雛雪、沁芷柔、桓紫音老師默默站在原地。

……在使用「轉轉合宿君」進入虛擬世界後，大家依舊待在怪人社裡。

如果不是地上的「轉轉合宿君」已經消失不見，而且也看不見外面的大海，我會誤認為轉移沒有成功。

在詢問桓紫音老師後，她說活動必須從零開始，這樣才有合宿的氣氛。

按照她的說法，我們必須從怪人社出發，一起想辦法抵達合宿的場地，然後進行七天七夜的寫作合宿。

「那麼，怪人社的合宿場地在哪裡呢？」雛雪舉起繪圖板。

桓紫音老師看了雛雪一眼，拿過她的筆，也用寫字回答：「在安本縣某座深山裡的別墅。」

「那麼安本縣在哪裡呢……雛雪記得我們國家沒有這個縣市。」

「誰知道呢，吾隨便設定的，應該會自己產生出來吧？」

以龍飛鳳舞的字跡，那個「吧」字最後一勾被桓紫音老師寫得很有氣勢。

但她的文字就像地震一樣，讓怪人社全體震動了。

「什麼？妳不知道在哪裡……!?」沁芷柔第一個提出質詢。
桓紫音老師被問得有點臉紅。
「囉、囉唆！吾為什麼非得知道在哪裡不可！」
「這不是妳提出的建議嗎！」
「吾剛剛說過了，『活動必須從零開始才有氣氛』。」
「嗚啊……搞什麼呀！我要回去了！」
「不可以！身為吾的眷屬竟然想輕言放棄嗎，真是一頭不成氣候的乳牛！」
……坦白說我也很想放棄。
但在桓紫音老師的強勢領導下，最後大家還是乖乖出了C高中，尋找前往「安本縣某座深山裡的別墅」的路徑。
這個世界如今是溫暖的春季，走出C高中，映入眼簾的是熟悉的街道。
幸好在某間雜貨店買到了地圖，翻閱地圖，我們很快發現了目的地。
「該怎麼說呢……真是充滿廉價感的設計啊……」
「打個比方來說，就像免洗手機遊戲害怕玩家跑掉，為了使更多人留下，把遊戲難度修改為『猴子都能破關』的感覺。」
我之所以這麼形容，是因為這張地圖上，安本縣的區域被以箭頭強調註明。
「〈～～～〉安本縣。」
地圖看起來就像這種感覺。

而且安本縣的正中央處被畫了一個「☆」的圖案，這個星號彷彿怕別人注意不到它似的，被用醒目的黃色顏料塗滿。

看來桓紫音老師雖然嘴巴上說要克服困難，實際上，還是很怕我們覺得無聊棄玩啊……

大概怪人社的大家都領悟到了這一點，所有人都向桓紫音老師看去。

「咳，總、總之呢，安本縣也找到了不是嗎？黑暗眷屬們唷，咱們走！」

像是想掩飾自己的困窘那樣，桓紫音老師的腳步比平常急促很多。

安本縣。

某座深山

——別墅。

搭乘冷門公車抵達山腳處後，我們爬了半小時的崎嶇山道，終於抵達別墅前。

這是一棟有三層樓高，外表基底為米黃色的房屋，許多地方用上名貴的木材打造，外型看起來十分溫和順眼。

別墅在二樓處有一塊突出平面的巨大陽臺。如果站在陽臺上的話，可以看見我們曾經路過的巨大湖泊，湖泊旁邊有一個網球場。

因為搭公車花了許多時間，我們抵達這裡時已經是下午三點。

桓紫音老師站在最前方，雙手盤胸，打量了別墅好一陣子，才滿意地點點頭。

接著她轉過身，以滿懷期待的表情，向我們大聲詢問。

「吾之眷屬們唷——!!身為實力強大的輕小說家，想必汝等也都知曉踏入別墅前的傳統!!」

「咦……傳統……？」

風鈴一聽到這兩個字，臉上不知為何蒙上了一層陰霾。

啊，我想起來了，之前大家一起去泡溫泉時……桓紫音老師宣稱全員一起大喊「溫泉萬歲」是傳統，結果只有風鈴肯乖乖照做……之後回到現實世界，風鈴被沁芷柔取笑了好幾次。

「沒錯！傳統就是大家一起喊出：『別墅萬歲——!!』」

桓紫音老師彷彿沒發覺風鈴表情的變化，只是自顧自地說著。

「聽好了，等會大家一起舉高雙手歡呼：『別墅萬歲』……現在由活了數萬年的吾來進行倒數。

「準備好了嗎？五、四、三、二、一——」

「別、別墅萬歲——!!」

「……」

只有風鈴把聲音喊出來，甚至連桓紫音老師自己都沒喊。

然而，在倒數完的瞬間，想要逃跑的我、雛雪、幻櫻、沁芷柔，此刻全都發出了哀號。

「又想背叛吾嗎……？當吾是傻瓜嗎……？」

桓紫音老師每隻手揪住兩個人，將我們四個人都拉到她面前。

接著，她露出散發恐怖黑氣的笑臉。

「親愛的闇黑眷屬哦，這個『傳統』……汝等會配合的對吧……？」

「等、等一下……」

沁芷柔還不死心，似乎想要辯解。

**「汝等會配合的對吧——!?」**

但桓紫音老師馬上把散發豔紅光芒的赤紅之瞳轉到她身上，沁芷柔「唔……」了一聲，肩膀害怕地收縮，只好乖乖住口。

……

一分鐘後。

「哎呀哎呀，太好了，不愧是吾的麾下眷屬，果然大家都能理解吾的意思呢。」

以雙臂緊箍著怪人社所有成員，這次桓紫音老師笑得很燦爛。

抱著無可奈何的大家，向著月亮即將升起的方向，桓紫音老師再次展開倒數。

「注意哦，三、二、一——」

**「別墅萬歲——!!」**

這次，怪人社全員一起把這句話喊了出來。

羞恥地喊完「別墅萬歲」之後，我們進入建築物中，在一樓的訓練室，進行為時三小時的寫作修煉。

幽靜的環境、清新的空氣，使人在動腦時心情特別平靜。

果然在審視成品時，桓紫音老師也比平常滿意。

捏著大家寫滿文字的稿紙，桓紫音老師單睜著黑色眸子那隻眼睛，向大家發出宣告：「嘛，也就馬馬虎虎吧。今天沒有需要受懲罰的人，大家都過關了。」

……簡直是奇蹟。

由於怪人社裡有四個要進行寫作訓練的人，每個人擅長的寫作方向又不同，在快速變換的社團作業中，除了幻櫻之外的社員，常常受到嚴厲的批評甚至是處罰。

像這種大家一起過關的日子，平均一個月只會出現一次而已。

據我個人猜測，幻櫻大概是屬於那種正式上陣時無法完美發揮的作家，否則每個月的校內排行榜……也不會總是排十九名了。

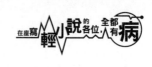

「……」想到這裡，我忽然摸了摸肚子。

因為肚子剛剛發出了「咕咕咕」的叫聲。

在這個虛擬世界中，我竟然餓了，簡直不可思議。

「啊，忘了說，這個世界是有飽食度設定的哦，時間到了自然會餓。」桓紫音老師補上遲來的解釋：「畢竟一起做飯也是合宿重要的環節，對體驗輕小說過程非常有幫助，這點可不能遺漏了。」

……妳倒是早說呀。

「嗯……雛雪雖然不是輕小說家，不過可以理解。漫畫裡，不是常常有美少女穿著裸體圍裙做飯嗎？然後男主角回家，女主角就會用嫵媚的眼神回頭看去，接著……」

「妳到底都看些什麼鬼漫畫啊啊啊啊啊啊啊啊！妳這變態悶騷女!!」

雛雪第二段話還沒寫完，風鈴、沁芷柔的臉就都紅了。沁芷柔一把搶走雛雪的筆。

「雛雪看的是H……」

「不要說出口！妳現在不是無口型態嗎！」

「……因為雛雪很喜歡沁芷柔學姐，為此打破一點設定也是沒問題的。」

說是這麼說，但這句話，雛雪依舊掏出第二支筆來寫。

但是身為設定系少女的沁芷柔，一聽到「打破設定」就激動起來。想必這句話是沁芷柔的大忌吧，比被叫乳牛還要難受百倍。

「胡、胡說八道！設定怎麼可以隨便打破！」

「……就算是打破設定，只要有愛就沒問題了對吧？」

「呃啊啊啊啊啊啊啊誰來把這傢伙拖走——!!跟她待在一起本小姐要控制不住自己了!!」

沁芷柔的表情看起來很痛苦，她雙手抱頭，用力抓著自己的金髮。

……我向她投以同情的眼神。

如果有「激怒他人的才能」這種東西，雛雪說不定會是天下第一吧。

用餐時間。

二樓有一塊突出平面的巨大陽臺，大家一起在那邊吃晚飯。

又因為在儲藏室裡面發現燒烤架，冰箱裡也儲藏著許多蔬菜與肉類，甚至連調味醬與香料都有，所以晚餐決定吃ＢＢＱ。

ＢＢＱ是「Barbeque」的縮寫。聽說這傳統源自於美國、英國等地，通常是指在風景優美的戶外舉辦燒烤大會。

引申原意——這個寬闊的陽臺，周圍是幽靜蓊鬱的森林，天空高掛著皎潔的月亮，可以一邊賞月一邊用餐，確實是極佳的ＢＢＱ地點。

在一番忙碌過後，終於把瑣事都處理完畢，大家聚在烤肉架前面開始燒烤。

被連成一串的肉類與蔬菜，抹上燒肉醬之後在炭火上烤得滋滋作響，很快香味就溢散出來，讓人感覺肚子更餓了。

等待的過程中，桓紫音老師整個身體側躺在陽臺椅上，

「眷屬們唷，汝等知曉在虛擬世界進食的優點跟缺點……分別是什麼嗎？」

沒有給大家回答的時間，她立刻給出了答案。

「缺點呢，就是在這裡吃飽了，回到現實世界依舊會餓……

「而優點，則是在這裡怎麼吃都不會胖。」

……缺點聽起來確實很糟糕。

不過那個怎麼吃都不會胖的優點，聽起來不太吸引……

「嗚哇！好棒喔，超棒的！真的怎麼吃都不會胖嗎!!!」

沁芷柔雙眼閃閃發亮，表情十分興奮，雙手握拳不斷在身前搖晃。

桓紫音老師哼了一聲，露出「我就知道會這樣」的得意表情。

而雛雪跟風鈴竟然也非常高興。

「……？」

「不會胖」這點對於女性來說，竟然有這麼大的吸引力？我嚇了一跳。

在這裡吃東西，沒辦法滿足身體所需，這行為悖逆了「為了尋求營養而進食」

的人類本能。

也就是說，完全是無謂的行為。

對於缺乏他人協助，沒有犯錯餘地的獨行俠來說……與「無謂」這兩字有所牽扯，通常也意味著招來失敗。

所以在我看來，這些少女……嗯，這些美少女超常的興奮，我柳天雲打從心底無法理解。

然而，雖然無法理解，只要她們開心就好了。

……我想要守護眼前的存在，想要守護怪人社。雖然一個獨行俠這樣說相當不倫不類，不過這是我誠摯的心聲。

心裡閃過這樣的念頭後，我不禁一個個向怪人社的成員們看去。

沁芷柔在吃蔬菜……雛雪在吃肉……桓紫音老師在喝飲料……幻櫻不在，她好像去樓下拿飲料了。

最後我的視線停在風鈴身上。

……我也想守護身為晨曦的風鈴。

注視著風鈴，我暗自下定決心。

風鈴發覺我的視線，展顏向我微笑，笑得柔和又溫暖人心。

在這時候，去樓下拿飲料的幻櫻回來了，剛好跨進了陽臺範圍。

手上拿著兩罐汽水的幻櫻，就這樣默默站在遠處打量我們。我朝幻櫻看去，或許是太累了有點眼花，有一瞬間覺得幻櫻的身軀變得有些透明，有種怪異的縹緲虛無感。

這感覺不是第一次出現了，每次這種感覺湧起時，就會產生幻櫻離我好遠好遠，彷彿再怎麼樣努力……也無法接近的錯覺。

「給。」

幻櫻把汽水放在燒烤架附近，一個人默默坐在離火光稍遠的角落。

不知道為什麼，看到這個名義上的師父的舉動，我的胸中產生了悶塞感，就好像被某種事物卡住那樣。

「零點一，ＢＢＱ好了沒有？」

「啊！」

在桓紫音老師的提醒下，我趕緊將烤肉串翻面。

……靠近中央的兩串好像有點焦了，糟糕。

幸好剛剛一口氣烤了十幾串，這兩串我自己吃就行了。

第七次把ＢＢＱ翻面後，我把ＢＢＱ分給大家。

拿著有些烤焦的兩支烤肉串，我坐在一張矮凳上，低頭吃著烤肉串。

……果然燒焦了，這是我吃第一口時的感想。

才吃了幾口，整張嘴巴就瀰漫著苦意。

在沉默的時光中，一邊聽著桓紫音、沁芷柔、風鈴、雛雪等人閒聊，我安靜地

吃著烤肉串。

……除了我之外，似乎只有某人都不說話。

不知為何，再次體悟這個事實的瞬間……

嘴裡的苦意，彷彿擴散到了全身。

用完餐後，大家輪流去洗澡，因為長途跋涉了一天，早早就上床睡覺。

女生們睡在一間有兩張雙人床的大型寢室裡，只有桓紫音老師以「吾有義務阻止零點一夜襲」的名義硬是跟我住在同一間房。

但是一來到有兩張單人床的小寢室，桓紫音老師就立刻撲上床、在十秒鐘內打呼睡著了。

這個虛擬世界的設定，跟現實真像。

如果現實世界的身體不會衰弱的話，或許在虛擬世界生活也不錯吧？

躺在床上，一邊這麼想著，我也閉上了眼睛。

第二天，我們從清晨就開始寫作訓練。

早上六點半寫到十點整，接著大家一起去附近的網球場運動。

「健康與訓練並進，這才是最理想的情況。身心健全的寫作者會進步更快。」桓紫音老師是這麼說的。

說到網球，我以前曾經看過一部網球漫畫，主角的個性非常特殊，常常與朋友做一些奇怪的事。

還記得裡面有一話是這樣的：

某天主角與朋友去網球場打球，由主角先發球。

主角手上沒有持球，但依舊做出了拋球和前躍擊球的動作。

「？」站在球場對面的朋友，皺眉看著主角，露出困惑的表情。

他大概在想「這傢伙在做什麼」吧。

而後，主角以更加疑惑的表情望了回去。

「你為什麼露出這種表情……？」

接著，像是忽然明白了什麼那樣，主角大為震驚，以訝異無比的語氣說：「啊！難道你看不見我的發球……嗎？」

「……」朋友沉默。

在被同情的眼神打量之前，主角趕緊再次開口。

「看看你的身後吧，那顆滾動中的球……難道還不能說明問題嗎？」

「!?」朋友一驚之下回頭看去。

——然後主角就趁這機會趕緊發球，並得到一分。

被這麼暗算，朋友氣到難以控制情緒。

「卑劣無恥！」

他憤怒大叫，喊聲大概能傳出兩百公尺吧？

而主角卻雙手環胸，淡然回應：「……別這麼沒品啊，在球場上大吼大叫。」

「到底是誰沒品啊！」

在朋友的抱怨結束後（大概持續了三分鐘），輪到他發球了。

這傢伙的眼神很不甘心，擺明就是想報復。

而且明明擺出了發球的姿勢，手上卻沒有拿球。

對於朋友的幼稚舉動，主角嗤之以鼻：「天真至極，難道你以為我會上『看看你的身後吧』這種當？」

「給我閉嘴!!」

「……」

主角不再多說，凝神防備對方可能會做出的卑鄙舉動。

接著朋友果然發球了。

但是他不知道從哪裡摸出了兩顆球，一次把兩顆球打了過來。

「看我的幻影魔球！」

主角當然沒辦法一次回擊兩顆球，漏掉了其中一顆。

朋友發完球之後仰起了鼻子，用鼻孔看人：「如何？我這幻影魔球……是不是讓你產生了看到兩顆球的幻覺？」
「……」主角回頭，盯著地面。
確確實實，有兩顆球在地上滾動。
「……」
「怎麼樣，你對我的幻影魔球有什麼想法？」朋友追問。
愕然片刻後，主角以無法置信的語氣做出了回答：「你這傢伙……該不會有中二病吧？」
聽到主角這麼問，朋友卻意外的激動。
「唯獨不想被你這樣說！」
於是，快樂的網球練習結束了。
可喜可賀、可喜可樂。

那網球漫畫的主角究竟有沒有中二病，至今無人知曉。
唯一可以得知的是，在我柳天雲看來，那主角的行為相當有格調。
即使以獨行俠的眼光來評判，能挑剔的地方也非常少。
……扯遠了。
總之，我跟怪人社的大家一起抵達了網球場。
由於這裡比現實世界溫暖，女孩們換上了白色的網球衣與網球裙，我也換了一套運動衣褲。

桓紫音老師坐在裁判臺上擔任裁判，不擅長運動的雛雪蹲在旁邊做為觀眾，由我、幻櫻、風鈴、沁芷柔四人出賽。

這人數剛好能進行二對二的比賽。

在剪刀石頭布的決定下，我跟風鈴分成了一組，沁芷柔則與幻櫻一組。

先由沁芷柔發球。

站在她斜對角的我，微微彎腰，做好了接球的準備。

迎著風，沁芷柔把球抛高。

「咻——乒！」

……發球終了。

「咻」是球落地的聲音。

「乒」是球彈起、以巨大的力量鑲入網球場防護網的聲音。

「……開玩笑的吧？」

我甚至連對方發球的軌跡都看不見，只能在之後看著地上冒煙的球印……再回頭目擊仍在試圖鑽破防護網的網球。

驚嚇之餘，我立刻抬頭向裁判抗議：「桓、桓紫音老師，妳不覺得情況不對勁嗎！」

「哦？零點一，汝想表達的是？」

「對面的雙人組也太強了吧，沁芷柔跟幻櫻運動能力都超厲害的，這根本不公平呀！」

「不公平……？汝等不是猜拳決定的嗎？」

「呃……但是……」

「別但是了！好吧，既然汝這麼堅持，讓雛雪加入汝等，變成三打二如何？」

「不是我們這邊幾個人的問題啊啊啊啊——!!三個足輕（註2）難道可以幹掉兩個本多忠勝嗎！」

本多忠勝是戰國時代出名的猛將，在傳說中，他手提蜻蛉切，騎著愛馬三國黑，在各大戰場中殺進殺出毫髮無傷，最後締造五十六場戰役未曾受傷的神話。

桓紫音老師思考片刻，雙手一拍，提出了解決方案。

「不如這樣吧！汝把手上的網球拍當成雕刻刀（註3），這樣就能幹掉本多忠勝了。」

「……這個笑話不好笑！」

---

註2　日本平安時代到江戶時期的一種步兵。

註3　本多忠勝在老年隱居後鍾情於木雕。這位五十六場戰役未曾受傷的神話，卻因一次不小心被雕刻刀割傷，而細菌感染引起併發症，於一六一〇年十月十八日於桑名城病死，結束其勇猛果敢的人生，享年六十三歲。

「不是汝先起頭的嗎！」桓紫音老師惱羞成怒。

結果，抱怨最後也只能成為抱怨，雙方還是以相同陣容繼續對戰。

「十五比零！」

「三十比零！」

「四十比零！」

「一局終！」

沁芷柔光靠發球就奪下第一局。

這是一場沒有任何勝算的戰鬥，但我們也只能選擇迎戰。

在經歷幾次攻守交換後，終於輪到幻櫻發球。

幻櫻發出的球，雖然風鈴根本接不到，我卻看見了球路的軌跡。

「……？」事實上，幻櫻的身體能力並不比沁芷柔弱。我記得之前大家一起打沙灘排球時，不是這樣的情形。

我仔細觀察幻櫻的運動情況，發覺她的動作，似乎比印象中還要緩慢很多。

……大概是我們太弱了，無法激起幻櫻的求勝欲望吧。

這時候的我如此心想。

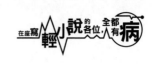

網球比賽結束後，大家輪流沖完冷水澡。結果還沒吃午飯，那些女孩子就累到先跑回房間休息了。

中午我們吃桓紫音老師特製的大彗星炒飯。

她本人自稱「身為單身貴族，會一點料理手段也是理所當然的」。

反正在這裡死掉大概也能復活，於是，我抱持著死亡的覺悟吃下第一口炒飯。

「！」

……超乎意料的美味。

「好好吃喔！」風鈴掩嘴驚呼。

「對吧對吧！儘管稱讚吾吧！」桓紫音老師挺起了胸，看起來十分得意。

餐桌另一邊，沁芷柔拿著一支湯匙，舀滿了炒飯。

在聽完風鈴發表感想後，沁芷柔謹慎地將炒飯送入口中。

「啊啊，還算過得去吧，庶民的食物充其量也就這種程度了。」

「……乳牛，汝別吃了。」

桓紫音老師把沁芷柔的盤子抽走。

沁芷柔迅速伸手朝盤子抓去，但沒抓到。

「欸——!?還給人家啦！」

「吵死了！反正汝吃了也只會把脂肪堆積到胸部去吧！」

「在、在這裡吃又不會變胖！」

「那不是重點！該死的脂肪乳牛沒有資格食用吸血鬼皇女的恩賜！」

……

我自顧自地吃著炒飯，吃完後再添了一盤。

總之呢，又是和平的一天。

合宿的第三天到第六天，都在辛勤的寫作修煉中度過。

明日就要回去現實世界了，這六天的修煉，每個人都過得非常充實，也強化了大家面對未來的信心。

時光的腳步走得飛快，第六天晚上，也是合宿的最後一夜來臨了。

這天的晚餐，跟第一天一樣，依舊是ＢＢＱ。

吃飽喝足後，桓紫音老師在別墅的大廳召集大家，先談論了二十分鐘的吸血鬼歷史手札後，接著替這些天大家的表現進行講評，整體來說每個人都有進步。

接著，為了替這份回憶劃上美好的句點，大家決定來玩個團康小遊戲。

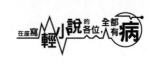

大家圍成了一圈，坐在大廳的地毯上討論。

桓紫音老師開口問：「嗯……大家覺得該玩什麼遊戲？」

「捉迷藏。」我提議。

之所以這樣提議，首先是因為我玩團康遊戲的經驗很少，不太清楚其他的遊戲怎麼玩……

再來，在幼稚園的時候，班上曾經每個禮拜舉辦一次捉迷藏活動，因為我的存在感實在太低了，所以每次都能存活到最後當贏家。

所以說，捉迷藏是我最有自信的團康遊戲。

如果比賽這個的話，不管對手是誰，我都有不會輸的把握。

「……捉迷藏？除了零點一，還有其他人想玩嗎？」

「「「……」」」

眾少女都是沉默。

竟然沒有人附和我，可惡！明明捉迷藏這麼有趣，那可是必須時刻察覺風吹草動、蘊含生存之道的大智慧遊戲。

接著，眾人又接連否決掉翻花繩大賽、取物賽跑、山道競走、輕小說 Cosplay 等活動。

最後為了不浪費太多時間，桓紫音老師以相當隨意的態度，提議大家抽籤選出活動項目。

——「試膽大會」。

被抽出的竹籤上，寫著這樣的字眼。

於是，遊戲項目就這麼決定下來。

「生成這個虛擬世界的道具，叫做『轉轉合宿君』，由於是專門為合宿設計的機器，只要提出申請，系統就能支援咱們舉辦試膽大會。」桓紫音老師向大家說明。

「不過吾也沒用過這玩意，因此試膽大會的詳細說明，還是要等通過申請後，讓系統替我們介紹。」

聽起來，只要通過申請就可以讓系統支援我們辦各式各樣的合宿活動。

不愧是晶星人，高科技就是方便。大概會有很多晶星人，整天過著用各式各樣的道具玩耍的糜爛生活吧。

桓紫音老師向夜空張開了雙臂，換上極為認真的表情。

「沉眠於虛無的闇黑之力唷——聽從吾的呼喚，自煉獄中甦醒，來到吾的身邊，與吾之真名……闇・維希爾特・玫瑰簽訂契約吧——!!」

好中二……申請用詞一定要這麼中二嗎？

過了幾秒鐘，天空上傳來系統合成音：

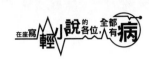

「——恭喜玩家通過申請。系統正在搜尋現有的『試膽大會』資料庫，替玩家建立遊戲場地中，請稍候。」

事實證明，晶星人的道具果然了不起，連這麼中二的申請語也能理解。

「嗶嗶——遊戲場地建立完成！」

「遊戲規則如下：遊戲時間為三個小時，所有參賽者將被隨機傳送至某座深山的某個角落。」

「深山裡沒有野獸之類的活物，卻存在著許多恐怖的幽靈，幽靈將會隨機假扮成某位玩家，在各位面前出現。」

「若是觸碰到幽靈，會損失一點『試煉生命值』。請注意，每位玩家只有兩點的試煉生命值，生命值歸零將會出局。」

「對幽靈喊出『宣告——偽物!!』就可以消滅幽靈。但是如果宣告到真實玩家，玩家雙方都會扣除一點生命值。」

「所有玩家是同盟關係，只要有某人找到深山中的『幽靈王冠』並戴上，全員就能獲得勝利。」

相當簡單明瞭的規則呢。

也就是說，避免幽靈的干擾，在深山中找到「幽靈王冠」戴上，全員就能獲勝。

每個人只有兩點生命值，被幽靈連續觸碰兩次就會出局，喊出「宣告——偽物!!」則可以消滅幽靈。

這個會假扮成玩家的「幽靈」，也是遊戲中唯一的怪物，聽起來似乎並不難。

「請注意……傳送即將開始……預祝各位遊戲愉快。」

所有怪人社成員身上都散發出傳送的光芒，連桓紫音老師也不例外。

接著，在系統合成音中，遊戲開始了。

「QQ～～」

伴隨著奇怪的傳送音效，我出現在某座深山的山腰處。

「那麼，『幽靈王冠』在哪裡呢……」

半山腰，這是相當微妙的出生點。

遊戲時間只有三個小時，只能選擇一個方向來探索。如果先往山腳走的話，到時候就來不及返回山頂了。

「……」

最後我選擇往山頂走。

因為一般來說，寶物都會放在山頂處吧？

懷抱著內心的猜測，我沿著山道開始往上攀爬。

「啊，對了，必須小心可能會出現的幽靈。」

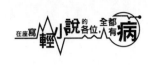

我心裡剛剛這麼想，遠處忽然響起樹枝被踩碎的聲音。

「!!」我有點緊張，立刻躲在一棵樹的後面，藉著夜色與掩蔽物藏起自己。

我小心翼翼地在地面爬行，撥開茂密的蕨類植物，探出頭觀察情況。

「什麼嘛，也、也不怎麼可怕嘛！只不過是光線暗了點、氣氛恐怖了點、環境惡劣了點……本小姐才不怕呢！」

……是沁芷柔。

穿著淡藍色浴衣的沁芷柔，手扶著沿途的樹木，畏畏縮縮地往前走。

她似乎很怕可能會出現的「幽靈」，不斷自言自語來壯膽。

看到夥伴，我鬆了一口氣。

我打算站起來跟沁芷柔打招呼。

——等等！

如閃電般竄進心裡的念頭，阻止了我原本要進行的動作。

……這個沁芷柔，會不會是幽靈假扮的？

……為了引誘躲藏起來的玩家出面，扮成了其他人的模樣。

於是我瞇起眼，視線在沁芷柔身上掃來掃去，想看出來這個人是不是本尊。

嬌小玲瓏的身高……在夜色中也十分顯眼的金色長髮……滑嫩白皙的皮膚……

被浴衣包裹也能看出曼妙曲線的身材。

看起來沒什麼破綻，跟平常的沁芷柔一樣。

「QQ～～」就在這時，有些詭異的聲音在周圍響起。

沁芷柔卻像是聽不到似的，對那聲音完全沒有反應。

「！」

我發現沁芷柔身後幾公尺處，浮現出一抹白影。那白影在黑暗中散發微弱的光芒，在一陣劇烈顫抖之後，幻化成人類的外貌。

「!!」

幽靈幻化成的人類是一名男性高中生，他有著黑色短髮與翠綠色的雙眸，看起來眼神有點懶散。

……竟然幻化成我！

我本來要出聲提醒沁芷柔，獨行俠的危機本能卻又在這時候響起，阻止了我的行動。

——會不會兩個人都是幽靈假扮的，這是一個引誘玩家自投羅網的陷阱!?

抱持著這樣的懷疑，我終究忍住心中的衝動，繼續觀看下去。

看起來跟我一模一樣的「幽靈柳天雲」，開始朝沁芷柔靠近。

沁芷柔這時候終於聽見了聲響，她明顯嚇了一跳，用非常快的速度扭頭看去。

「……柳天雲？」

沁芷柔看見「幽靈柳天雲」後，不知為何拍著胸口，露出安心的表情。

但她很快又警惕起來。

「等一下，你該不會是幽靈假扮的吧！站住，先不要過來！」

哦哦，反應真快。看來桓紫音老師每次都說沁芷柔胸大無腦，確實有點過分。

「幽靈柳天雲」聽了沁芷柔的話，乖乖停下腳步。

「怎麼了嗎？難道妳懷疑我是幽靈？」它用跟我完全相同的聲音說話。

「廢、廢話！這裡很恐怖耶，誰知道你是不是幽靈！」沁芷柔立刻回答。

「幽靈柳天雲」在這時候露出震驚的表情。

它臉上的表情非常豐富，先是震驚、接著像是陷入思考。掙扎了一陣子後，他忽然抬起右手，把手掌蓋在臉上。

「哼哼哼哼哼……」

「幽靈柳天雲」的眼睛從指縫中露出。

「哈哈哈哈哈……」

「哈哈哈哈哈哈哈哈哈哈哈哈哈哈哈……」

「妳在懷疑我……？懷疑我柳天雲？懷疑我這個……尊爵不凡的獨行俠……？」

「幽靈柳天雲」用力一甩浴衣的袖子，以非常認真的表情繼續說下去。

「要知道，獨行俠始終存活於孤單寂寥的寂寞懸崖旁……哪怕遭受萬物冷落，依舊會站穩自身的腳步，跨越那懸崖……填平那渠坑，傲立於天地之間，證明自身的生存價值！

「也就是說，不需要依賴他人的獨行俠，無疑是最強的。

「既然身為最強，當然也不存在被模仿的可能性。」「幽靈柳天雲」搖搖頭。

「沁芷柔，我這麼說……妳能理解嗎？」

「……」

我驚訝地望著「幽靈柳天雲」，如果我是漫畫人物，頭上大概已經冒起了一百個問號框。

……這傢伙也太中二了吧？中二病程度與桓紫音老師不相上下。

……系統不是說幽靈會模仿玩家嗎，為什麼這個幽靈模仿我……卻這麼不像呢？

大概是 Bug 吧。畢竟晶星人也不是萬能的，之前玩寫作氣泡球遊戲時也曾經出現 Bug。

總之，這個幽靈的演技既然這麼拙劣，沁芷柔就絕對不可能上當，接著只要喊出「宣告——偽物!!」，這樣就……

「啊啊……果然是本人嗎？」

……咦？

沁芷柔露出安心的表情，將臉孔向旁邊撇去。

「下、下次早點出來啦，雖然人家一點也不怕……可、可是這麼暗有個伴也好呀！」

咦咦!!

無法想像的奇妙展開，像凶猛的海浪般不斷拍擊我的腦海。

這是怎麼回事……？為什麼沁芷柔會認為對面明顯有超級中二病的「幽靈柳天雲」是本尊……？我明明沒有中二病呀。

「幽靈柳天雲」趁沁芷柔放鬆防備時向她走去。

然後……「幽靈柳天雲」的手碰到了沁芷柔的肩膀。

「咿──呀──!!」

沁芷柔發出了尖叫聲，她身上忽然冒出像是被雷打到的白色電光，與此同時，頭頂上也冒出「-1」的生命值數字。

白色電光在沁芷柔體表流竄了短短一秒，接著與「幽靈柳天雲」一起消失不見。

看到這裡，已經能百分之百確定眼前的沁芷柔是本人了。

我從躲藏的地方走出，安撫受到驚嚇的她。被幽靈欺騙的沁芷柔心裡已經有了陰影，差點以為我又是幽靈，幸好我說出一些怪人社成員才瞭解的情報，她才終於相信我是本尊。

「柳、柳天雲，這裡的幽靈模仿能力很厲害哦，我們要小心一點！」

「……是嗎？」

「是真的啦！我幹麼騙你！」沁芷柔抓住我的衣角，眼眶帶著一絲受到驚嚇的淚光。

好吧，總之先往山頂繼續前進。

但是，沒想到沿著山道走不到兩百公尺，詭異的聲音再次響起。

「QQ～～」

……這次我跟沁芷柔都聽見了。

上次出現這個聲音時，幽靈也跟著登場，或許這是幽靈出現的徵兆。

「……」我跟沁芷柔緊張地觀察四周。

接著，我們看見風鈴從上方的山道轉角處走了出來。

比沁芷柔還膽小的風鈴，用快要哭出來的表情縮著肩膀前進。

「前、前輩！這裡好黑哦……風鈴差點迷路……對不起，風鈴還沒找到『幽靈王冠』……」

風鈴發現了我們，開心地向我們跑來。

「**Stop——!!**」

沁芷柔豎起手掌，發出很大的叫聲。

「咦……？」風鈴遲疑地停下腳步。

「狐媚女，本小姐怎麼知道妳是不是本尊？這裡可是有很多狡猾的幽靈喔！」

「……雖然運動萬能、長相超級可愛、身材又好的我，才不會上幽靈的當。不過既然柳天雲也在這裡，我就勉為其難地照顧一下他好了。」

沁芷柔剛剛提了三個優點，不過都跟智慧方面沒什麼關係……難怪這傢伙會被幽靈欺騙。

受到質疑的風鈴握起兩隻小小的拳頭，露出非常想證明自己的著急表情。

「那、那個……人家是真正的風鈴喔……」

「好！我問妳幾個問題，妳如果答對了就能證實自己是本尊！」

「嗯嗯……！」

為了辨別是不是幽靈，風鈴跟沁芷柔似乎認真了起來。

不過，在開始之前，沁芷柔悄悄湊了過來，在我耳邊小聲地說話。

「柳天雲……那傢伙如果在本小姐的詢問中露出破綻，被發現是幽靈的話，恐怕會馬上攻過來吧。到時候，你要馬上用『宣告——偽物!!』解決它喔。」

我點點頭。

得到安全的保障後，沁芷柔以銳利的眼神盯著風鈴。

「我要問了喔，狐媚女。」

「嗯嗯……!!」

「聽好了，問題是：『怪人社中的風鈴，究竟是什麼樣的人？』選項A，喜歡勾引男人的色色狐媚女；選項B，溫柔善良的好女孩。」

風鈴完全沒有思考就做出回答。

「選項B。」

像是血液忽然逆流，沁芷柔的臉上瞬間失去血色。

**「這傢伙是假貨——!!」**

以食指指著風鈴，沁芷柔激動地對我說。

「……」

我看看沁芷柔，看看風鈴，忍不住嘆了口氣。

結果那個風鈴是真貨。

得到兩位夥伴後，我們繼續往山頂邁進，離想像中的終點越來越近。

這遊戲對體力的耗損並不大，但精神上的疲憊感十分嚴重。

現在仔細回想，第一次我聽到幽靈出現時的「ＱＱ～～」聲，恐怕是幽靈欺敵的動作。它的目的是為了讓我認為，幽靈出現時會伴隨音效聲。

受到先入為主的意識影響，不夠謹慎的人，只要再次聽到「ＱＱ～～」聲，可能就會出手襲擊忽然出現的同伴。

……看來這關並不是這麼好過。

接著我們遇到桓紫音老師。

這次依舊由沁芷柔出面詢問：「提問！桓紫音老師的真實身分，是吸血鬼皇女還

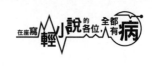

是人類？」

「嗚……汝竟敢……!!該死的乳牛!!!!」

桓紫音老師露出掙扎的表情，因為她十分瞭解沁芷柔的個性，知道該怎麼回答，對方才會滿意。但是沁芷柔所謂的「正確答案」，桓紫音老師的心靈無法承受。

「答錯的話，我們就攻擊妳喔！快回答！」

「嗚……!!」

最後，桓紫音老師通過了考驗，加入我們的隊伍。

心靈承受重大打擊的桓紫音老師，在隊伍最末端尾隨著我們，用受盡屈辱的痛苦目光盯著沁芷柔的背影。

「殺了汝……絕對要殺了汝……從這裡出去後，就把汝浸在黑暗血池中泡個三天三夜……」

「啊哈哈哈……怎麼會發生這種事呢……這遊戲也真奇怪呢。」

沁芷柔搔著臉頰，假裝什麼事也沒發生過。

……這傢伙該不會是故意的吧？

說不定沁芷柔比我們所有人都聰明，她是趁機在報平常被欺負的仇。

然後，我們又遇見了雛雪。

沁芷柔像是上癮了一樣，搶著第一個跳出來詢問。

「提問！怪人社中的雛雪，究竟是什麼樣的人？選項A，喜歡勾引男人的色色狐媚女；選項B，溫柔善良的好女孩。」

雛雪跟風鈴遇到相同的問題。

「選項A。」雛雪毫不猶豫地立起繪圖板。

「嗚……!!」

奇妙的是，這次反而是沁芷柔受到了打擊。

「好累喔，可以背著雛雪走嗎……學長？」

「前、前輩，那邊好像有幽靈耶！」

「啊啊，都是多虧了本小姐，大家才聚集起來，你們要好好感激我喔！」

「乳牛，汝還敢說！汝絕對是被神聖陣營洗腦了吧，竟敢背叛吾！」

在吵吵鬧鬧中，我們一行人往山頂慢慢走去。

在這些爭執聲中，原本帶著懸疑感的試膽大會，恐怖氣氛被沖淡了很多。

除了幻櫻，怪人社成員全都到齊了。

其實在中途，我們就發現了這遊戲的攻略法，就是——「找到所有真正的怪人社夥伴」。

舉例來說，只要A的本尊在隊伍中，那幽靈就無法假扮A了。如果出現第二個

A，就可以立刻展開宣告，把幽靈消滅掉。

簡單來說，隊伍裡的夥伴越多，抵抗幽靈的能力就越強。

現在我們的隊伍裡，匯集了我、風鈴、雛雪、沁芷柔、桓紫音老師，戰力可說是超級強大。

一路上我們總共消滅了二十多隻幽靈，最後終於抵達山頂。

山頂只是一小塊平臺，大約有籃球場大小。

然而，那平臺上空蕩蕩的，除了土壤之外看不見其他東西。

大家在平臺上繞了好幾圈，確認這裡什麼也沒有後，你看看我，我看看你。

但是，超乎所有人預料的，「轉轉合宿君」的系統合成音響起了。

「恭喜各位玩家，由於有玩家成功戴上『幽靈王冠』——因此判定全員通關！」

「試膽大會結束……即將在十秒後傳送回合宿場地，請稍候。」

「倒數計時開始，十、九、八、七、六……」

輕快的通關音樂響起，「轉轉合宿君」的宣告勝利，讓大家都錯愕了。

「是幻櫻找到了王冠嗎？」桓紫音老師問。

雖然只剩下這個可能性，但誰也不知道答案。

於是，在所有人疑惑的同時，傳送的光芒亮起了。

視線逐漸被光芒所吞沒，大家目送著試膽大會的場地，進行默默的告別。

回到別墅旁的時候，幻櫻已經在那裡等著我們。她頭上戴著一頂半透明、閃閃發亮的銀色王冠，與她銀白色的頭髮相互輝映，整個人像在散發光芒，看起來十分夢幻。

想必那就是「幽靈王冠」吧。

桓紫音老師問：「幻櫻，汝在哪裡找到『幽靈王冠』的？」

「山腳。」幻櫻說。

桓紫音老師搖頭嘆氣，「山腳嗎？汝猜得真準，吾等上了山頂，什麼也沒看到，像傻瓜那樣站著吹了一陣冷風……想必這是神聖陣營的黨羽為了阻礙吾的發展，所做出的誤導吧。」

「……我也曾經猜錯過。」幻櫻的回答很平淡。

我也曾經猜錯過……？

這答案的背後含意，似乎隱藏得很深很深。

第五話

# 你的生存意義

怪人社的寫作合宿圓滿結束。

在桓紫音老師向系統申請回歸後（一樣用超中二的申請詞），我們順利返回現實中的怪人社教室。

之後大家依舊每天認真進行寫作訓練，以應付下一次的六校排行戰。

現在六校的排名是Y、A、C、B、D、E高中這樣的順序，C高中是第三名。離下次的六校排行戰，只剩下十天的時間。

B高中的小秀策上次輸給我們，以他的個性，非常有可能打算復仇，我們必須注意來自B高中的逆襲。

懷抱謹慎的想法，進行充實的訓練，日子就這樣一天一天過去。

但是，幾天後的晚上，明明距離六校排行戰還有一個禮拜，晶星人的宇宙船卻提早來臨了。

一艘目前為止見過最小的的宇宙船，停在C高中的教學大樓廣場前。它看起來只有車輛大小，不斷散發神祕的藍光。

走下宇宙船的晶星人，只有一個。

「地球人，你們好，我是七六四二三四。」

穿著品味奇特的服裝，七六四二三四如此說。

「——由於A高中向晶星人申請了S級一次消耗性道具『詛咒草人』的使用，所以我前來通知各位。

「豎起耳朵……呃，你們好像不能真的把耳朵豎起。總之仔細聽好了，地球人，我會詳細說明『詛咒草人』的效果。」

他花了十幾分鐘的時間，仔細向我們講解「詛咒草人」的功能。

如果歸納成列表的話，看起來就會變成這樣：

「詛咒草人」，S級稀有道具（僅能使用一次）。

前兩名的學校才能申請使用此道具，必須於六校月排行戰的前一個星期提早申請，效力範圍同樣僅限於前三名，無法對第四名以後的學校使用。

道具效果：使用後，指定目標的學校將會遭到詛咒。在新的一個月的起始，校園內每天會有隨機九名學生遭到石化，且每天必須由學園領導者指定一人，將該目標石化。

隨機九人、領導者指定一人，也就是說，遭詛咒的學校，每天將會有十個人變成石頭。

但是，如果在提出申請七天後的六校排名戰中，低位學校戰勝使用「詛咒草人」的高位學校，「詛咒草人」將會自動失效，化為塵埃消失。

附註：若是遭到詛咒的對象於之後才戰勝高位學校，先前已經石化的學生將會恢復原狀。

七六四二三四說明完「詛咒草人」的功效，就駕駛宇宙船離去了。

整個C高中陷入了沉默中，大家都思考著有關「詛咒草人」的事。

像是懷疑正在作夢一樣，有學生捏了捏自己的臉頰，發出顫抖的疑問。

「如、如果下次月排行戰真的輸了該怎麼辦？每天會被石化十人耶！」

「……笨蛋！我們學校有沁芷柔大人、風鈴大人在，怎麼可能會輸？」

「可、可是……」

「你這傢伙煩不煩呀！現在一直提也沒有用啊！」

雜亂的討論、害怕的質詢、擔憂的呢喃，在眾多學生之間一口氣響起，廣場上頓時掀起一陣亂潮。

桓紫音老師出面安撫，過了一陣子，大家才終於安靜下來。

但是在眾人要逐漸散去的時候，眼尖的沁芷柔忽然發現一件事。

「……咦？那邊的地上有一顆球耶。」

七六四二三四的宇宙船原本停留的地方，在宇宙船開走後，地上多出了一顆紅白色的球。

在大家的注視中，那顆球像是滿足了什麼條件一樣，發出「嗶嘶」一聲，忽然從中間裂開兩半。

緊接著，球開始朝正上方投映一道虛擬光幕。那虛擬光幕起初朦朦朧朧的，一段時間過去後，逐漸出現清晰的影像。

——就像在看電影一樣，我們看見了一座城堡。

城堡位於孤零零的海島上，規模十分龐大，幾乎占據了海島的七成面積。

由於體積太過壯觀，光是站在遠處旁觀，它恢宏的氣勢就讓人目眩神迷。

在這座城堡中，有許許多多學生在嘻笑奔跑，於鎧甲、壁畫、連身鏡的掩護下嬉鬧，每個人臉上都無憂無慮，彷彿什麼事情也不用煩惱。

……這些學生有個共通點，全都穿著A高中的制服。

光幕不斷閃動，讓我們觀看城堡中的各處場景。我們看見有幾位像是教職員子女的幼兒，也趴在雕像上面玩騎馬遊戲，成人們則是坐在地窖中喝酒，壁爐裡透出耀眼的火光在眾人臉上跳動；他們舉起裝滿葡萄酒的木杯互相碰撞，酒液灑了滿桌，大家笑得合不攏嘴。

「他們……看起來好快樂……」風鈴喃喃道，「不管是大人……學生……還是小孩，都像沒有任何煩惱一樣……過得好幸福……」

是的，風鈴說得沒錯。這些貌似是A高中陣營的人們，正過著無比幸福的生活。煩惱、憂愁、苦悶、寂寞，這些詞彙對他們來說似乎相當遙遠，像是永遠不會經歷。

A高中的校舍被改建為城堡，大概也是晶星人的道具功效吧？

在這時候，光幕上再次跳動，我們看見新的畫面。

一個墨綠髮色、穿戴淡綠色狩衣與烏帽子、裝扮像平安時代古人的男學生，在城堡裡不斷移動。他沿著圓形的階梯不斷往上爬，由於城堡實在太大，花了好久的時間才抵達上方。

終於，他抵達了接近城堡塔尖的位置。

這時，通道只剩下一條。

卻有一名藍色長髮、穿著白色騎士袍、身材高䠷纖細的男學生，在守護這條唯一的通道。

這名守護者的相貌十分帥氣，只差怪物君一點點，如果在人群中走過的話，大概會引起一群女學生尖叫吧。

守護者背對墨綠髮色的男學生，站在通道的窗口旁，默默眺望著藍天。

墨綠髮色的男學生，看了看守護者的背影，以十分恭敬的態度說話。

「飛羽大人，老朽是棋聖……有事情想與您談談。」

「……是棋聖閣下嗎？有什麼事？」

被稱為「飛羽」的帥哥雖然稱對方為閣下，態度卻非常冷淡，甚至懶得轉過身。

明明是個少年，卻以「老朽」這種微妙詞彙自稱的棋聖，這時彎下了腰。

「飛羽大人您也知道，老朽之前待過的高中……B高中……老朽在那裡有個徒弟，叫做小秀策。」

「所以呢？請閣下盡量說得簡短一點，輝夜姬公主正在上面休息。」

「……明白了。總之，小秀策用晶星人的道具傳來訊息……他告訴老朽……柳天雲復出了，而且人現在就在C高中，成為他們的主要戰力。」

「柳天雲!?」

飛羽很快地轉過身，第一次正面對著棋聖。

「棋聖，閣下是說……當年在各大寫作比賽中，幾乎殺遍文壇無敵手，最後不知道為什麼……與晨曦一起消失的柳天雲？」

棋聖點頭，「是的，就是他。但是據小秀策說，柳天雲現在的實力退步很多，已經沒有當年那麼強了。」

「……」飛羽大概知道棋聖的話還沒說完，於是沉默著等他解釋。

棋聖繼續說了下去：「老朽認為……柳天雲如果恢復了實力，有可能變成另一個怪物君，這樣的話就糟糕了——所以呢，老朽有個提議，C高中現在校排名似乎是第三，我們不如用晶星人的道具『詛咒草人』徹底擊潰C高中，在柳天雲恢復實力之前，就徹底除掉這個隱患。」

「……」飛羽帥氣的臉龐上，此時十分嚴肅。

他緩慢地答覆棋聖：「不堂堂正正地一決勝負……如此卑劣、缺乏騎士精神的行為，輝夜姬公主肯定無法認同——吾是輝夜姬公主的騎士，是替公主斬除一切的劍，永遠不會背叛她的期望，所以也不會認同。」

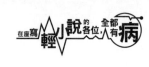

棋聖一愣，但很快就露出奸詐的微笑，像狡猾的商人那樣搓了搓手掌。

「當然當然……輝夜姬公主跟飛羽大人的崇高精神，老朽一直以來都非常尊敬。

「但是呢，飛羽大人，輝夜姬公主的身體並不是很好，如果讓柳天雲這樣繼續恢復下去，日後多了一隻小蟲子來糾纏她的話，輝夜姬公主會不會因此更加擔憂A高中的學生們，進而影響到健康？」

「……」原本聽到一半，似乎打算反駁棋聖的飛羽，在聽到「影響公主健康」這番話後，臉色卻掙扎了起來。

棋聖敏銳地捕捉到飛羽的動搖，他立刻趁勝追擊。

「這樣吧，飛羽大人，您今天什麼也沒有聽見，而老朽會自作主張地用『詛咒草人』去攻打C高中，一切都是老朽的罪孽，跟輝夜姬公主以及飛羽大人……沒有任何關係。

「老朽已經從小秀策那裡大概瞭解到柳天雲現在的實力，以及C高中其餘主要戰力的程度。如果他們沒有太大進步的話，老朽有必勝的把握……而且再加上『那一招』，萬一實力差不多，也肯定是老朽會贏。」

棋聖說完，瞇起眼睛，似乎在觀察飛羽的反應。

飛羽的表情變得很難看，「什麼……!?你打算用『那一招』去攻擊一個實力還沒恢復的輕小說家嗎？卑鄙無恥的傢伙！」

「呵呵呵……飛羽大人怎麼說老朽卑鄙無恥呢？您今天什麼也沒有聽見喔。」

「……」飛羽就像良心受到了譴責似的，閉起眼睛，露出有點痛苦的表情。

最後，他回頭看了看「輝夜姬公主」休息的方向。

過了一會，飛羽邁開沉重的腳步，轉身重新站到窗口旁，默默眺望藍天，以沉默將話題結束。

棋聖望向飛羽的背影，臉上露出了微笑。他轉身離開塔頂，往下走去。

漸漸地，他離開了飛羽的聽力範圍。

棋聖臉上的笑容越來越開，最後……他以陰森的表情開始大笑。

「呵呵呵……哈哈哈哈……」

「哈哈哈哈哈哈哈哈哈哈……」

那股笑聲迴盪在城堡中，令聞者毛骨悚然。

影像結束。

這段影像記載的似乎是A高中的現狀，與他們使用「詛咒草人」攻擊我們的原因。

感覺這段影像並非是A高中刻意要給我們看的，剛剛影像中的所有人，都沒有發現自己被記錄了下來。

而且，七六四二三四沒有當面把影像球交給我們，而是將它遺留在地上，等待我們主動去發現。

怪人社的其他人也有相同疑問。

風鈴露出有點困惑的表情，手掌按著臉頰說：「那個……七六四二三四，這個名字是不是有點耳熟……？風鈴記得，之前小秀策來襲擊我們的時候，有一個擔任評審、很親切的晶星人，也是叫這個名字。」

確實如此。

因為每次來的晶星人都不一樣，又僅僅擔任裁判，大家都沒有特別去認他們的長相。

風鈴這麼一說，我也依稀想起，的確七六四二三四上次也來過。

在我們思考的時候，C高中其他學生卻又起了騷動。

一名長相輕浮的金髮男生，在這時候從人群中跑出，以誇張的肢體動作吸引大家的注意力。

「喂喂喂……大家不覺得很奇怪嗎？A高中的目標，其實不是C高中吧？」

另一個跟班似的人也走到他旁邊，與他一搭一唱。

「怎麼說呢、怎麼說呢？」以刻意裝傻的語調，跟班將疑問句重複了兩次。

……我認得這兩個人。

他們曾經跟我同班，常常在上課時故意搗蛋作亂，藉著唱反調來吸引別人注意力。這想必是他們提高人氣，藉此鞏固群眾地位的方法吧？

確認大家的目光被自己所吸引，金髮男露出輕佻的笑容：「嘿嘿，大家如果仔細回憶剛剛的影像，裡面那些看起來很強的人——目標其實是柳天雲——不是嗎!?」

「說得也是、說得也是。」跟班再次用討人厭的語調附和。

金髮男朝群眾攤開雙手，下了結論：「也就是說，我們把柳天雲交給他們，就可以避免與這些強敵交手了吧!?」

整座C高中陷入了沉默。

學生們彼此相望，其中有人提出質疑：「柳天雲是怪人社的成員，而且是我們學校的主要戰力吧？突然就把他交給敵人，這樣不是很傻嗎？」

金髮男拍了拍跟班的肩膀，兩人有默契地露出努力憋笑的表情，彷彿覺得那個人的問話很好笑。

「沒想到——看不清事實的笨——蛋——還真多呢!!」金髮男說。

「是呢是呢。」跟班回。

金髮男醞釀了足夠的表演情緒後，再次轉向群眾。

「吶，大家想想，之前戰勝D、E高中，由於戰鬥是在別所高中發生的，大家只知道C高中贏了……不過，想也知道，一定是靠沁芷柔大人跟風鈴大人才能獲勝吧？柳天雲其實一點用也沒有，只是仗著與兩位大人關係好，厚著臉皮跟去分功勞而已。

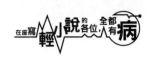

「再來，之後柳天雲雖然贏過了小秀策，可是那個小秀策才剛剛跟風鈴大人交手過而已，已經很累了，說不定連我去都能贏呢——

「啊，順帶一提，我的語文類科目從來沒有及格過。」

金髮男似乎說了一個自認為有趣的笑話，跟班很識相地在這時候發出大笑聲。

金髮男下了最後結論：「總而言之，沒什麼實質用處的柳天雲，卻替C高中帶來了這麼大的困擾，要我們一千多人陪他去賭命，接受A高中那什麼……呃……『詛咒泥人』的挑戰，這根本說不過去，我說得沒錯吧？」

「沒錯沒錯！」跟班大聲回。

……

……

「住口!!」

C高中的廣場上，突然響起非常大的斥喝聲。

不知道什麼時候，桓紫音老師已經站到人群前方，以完全將金髮男、跟班兩人震懾住的威風氣勢，狠狠地瞪著他們。

與此同時，桓紫音老師的身上散發出極端的憤怒。我從來沒有看她這麼生氣過。

「零點一……柳天雲不像汝等想像的那麼弱小。再來，C高中也不會交出任何學生，來向對手低頭，乞求對方的憐憫！

「吾等會戰到剩下最後一人！戰到最後一刻！

「戰到……吾等的寫作之火，徹底燃盡為止！」

以堅決的語氣，桓紫音老師做出結論。

這個平常看起來超級中二病的教師，真正發起火來竟然這麼可怕。

在桓紫音老師的強勢鎮壓之下，C高中的所有學生……逐漸散去。

然而，我似乎看見了——有些人的眼眸深處，已經埋下疑惑的種子。

確實如棋聖所說，我已經沒有全盛時期那麼強了。

如果把我交出去，能夠拯救C高中的話，幾個月前的我不會有怨言。

——這想法並非來自濫情的慈悲，而是貫徹獨行之道後得出的感言。

有人曾經對我說：「不同的個體背靠著背、互相扶持，這樣所組成的……才是完整的『人』字喔！」

然而，對於獨行俠而言，那是錯誤的說法。

因為，當一個「人」字，變成「人人人人人人人人人人人人人人人」這樣無數個人字時，你隨時可以選擇捨棄與自己背靠背的隊友，讓他重重摔倒，傷得再也爬不起來，然後獨自去尋求更好的目標依靠。

所以，對於從未冀望身旁有人會伸出援手……貫徹於孤獨之道的人，當然不會去冀望他人施捨的援助，亦隨時做好被任何對象背叛的準備。

無悲無喜，心中空蕩蕩的，什麼也不存在。

既然心中什麼也不存在，當然也就不存在受傷的可能性。

……綜上所述，這就是獨行俠強大的祕密。

但是。

但是，幾個月後，現在的我……原本空空如也的內心，已經走進了幾道身影。

……幻櫻。

……沁芷柔。

……風鈴。

……雛雪。

……桓紫音老師。

在經歷點點滴滴的相處，猶豫了很久很久之後，我終於確信……至少有這五個人，不會背叛我。

所以我的獨行俠之路，漸漸不再那麼純粹。

一點一滴地將後背交給他人，對於我來說很難很難，但我一直有在嘗試去做。

不過，其實我的潛意識裡，依舊沒有「會受到他人幫助」的想法存在。

所以。

所以，在今天桓紫音老師出面維護我時，我的內心是非常震驚的。

震驚……震驚……震驚……最後產生了無法言表的感激。

「如果是在怪人社的話……我也可以找到背靠背的對象。」

當天晚上，獨自一人站在寢室望著鏡子的我，在極端的靜默中，得出了結論。

「如果是這裡的話……我……或許能夠找出『人』字的第三種意義。」

怪人社展開了近乎瘋狂的訓練。

為了迎接一個禮拜後的六校排行戰，本來就已經把大多數時間投入寫作的我們，現在幾乎連吃飯的時間都沒有。

因為如果敗給棋聖的話，受到「詛咒草人」的影響，C高中每天會有十個人變成石頭。

變成石頭後會怎麼樣，沒有人知曉，那是比死亡還要恐怖的壓力。

雖然我們很辛苦，可是桓紫音老師承擔了比我們還要大的負擔。

除了教導我們之外，她還要處理校內的雜務，以及壓下「交出柳天雲」派的不滿聲浪。即使如此，她每天出現在我們面前時依舊笑容滿面，真的是個了不起的大人。

然而，桓紫音老師看起來越來越憔悴了。

在距離六校排名戰還有三天時，風鈴提出了建議：「那、那個……等一下桓紫音老師就要來怪人社了，我們想一些辦法，讓老師開心點，好不好呢？」

「呃……嗯嗯。」沁芷柔難得同意風鈴的想法。

於是我們休息短短五分鐘，放下手中的鋼筆，開始討論要怎麼讓桓紫音老師開心。

「雛雪來畫一幅老師的肖像畫……然後大家在旁邊寫『老師好漂亮』、『老師最可愛了』，這個提議怎麼樣？」雛雪用寫字的方式提議。

「嗚噁……這樣刻意稱讚別人，感覺起來好噁心哦。」沁芷柔掃去手上起的雞皮疙瘩。

「不如我們找個小禮炮之類的東西，在桓紫音老師進來時一起拉響。」我也提出建議。

「呃，沒想到你是個這麼老套的人，本小姐還以為創新能力是你的生存意義了，沒想到……嗚噁……」

……別擅自扼殺別人的生存意義。

等等……剛剛沁芷柔的吐槽聲好耳熟。

「妳該不會看過《整人大爆笑》吧？」沁芷柔。」我問。

「——!!你、你怎麼知道？果然你是跟蹤狂嗎!!」

「……」

隨著我的意見被很快排除，大家陷入了困擾。

因為意見始終無法一致，於是我又提出了新的方案。

「話說，我剛剛仔細思考過後，發現我們都是打算以個人愛好來取悅桓紫音老師，或許應該換個角度，思考桓紫音老師『真正喜愛』的事物。」

「老師她……真正喜愛的事物？」風鈴不太瞭解，模樣可愛地歪了歪頭。

「那個……是吸血鬼歷史手札嗎？」

「——!!」

在風鈴說出「吸血鬼歷史手札」的這一瞬間，我感到眼前彷彿有道電光竄過。

「原來如此。哼哼哼……哈哈哈……哈哈哈哈哈……原來如此!!」

我忍不住按著臉，笑了出來。

——答案不是呼之欲出了嗎！

——這計畫簡直是神給出的靈感，就算是桓紫音老師，也不能招架這種攻勢吧。

在笑聲慢慢停止後，我將自己想到的提案告訴所有人。

「……」

怪人社內一片黑暗。

之所以如此，是因為所有的光源都被窗簾所遮蔽、連角落透光的隙縫都被黑色膠帶牢牢黏上。

在一陣死寂過後，走廊外響起了咚咚咚的腳步聲。

接著是「喀啦」的開門聲。

「——諸位血之民哦，汝等……嗯？」

桓紫音老師的話聲突兀地中斷，接著她似乎想尋找電燈開關，手扶著牆壁摸黑探索。

——就在這一剎那，教室內的燈乍然亮起！

肩膀後披著紅色斗篷的沁芷柔，蹲了下來，以強忍住羞恥的害羞模樣，朝右邊擺出超人飛翔的姿勢。

「既然妳誠心誠意的發問了……本小姐就大發慈悲的告訴妳——」

披著淡紫色斗篷的風鈴，蹲在沁芷柔的旁邊，她也朝左邊擺出超人飛翔的姿勢，用盡全力才把話喊出聲。

「為、為了防止世界被破壞，為了守、守護世界的和平!!」

穿著貓娘裝的雛雪也走了出來，跪坐到沁芷柔跟風鈴的中間，將雙手放在臉頰旁假裝貓鬍鬚。

「貫徹愛與真實的邪惡……可愛又迷人的反派角色……」

已經事先變化成第二人格的她，聲音聽起來活力十足。

這時候我站到所有人後面，雙手環胸，威風凜凜地念出自己的臺詞。

「吾乃闇黑微生物‧零點一！」

在我示意下，以非常屈辱的表情，沁芷柔跟風鈴也開始自報名號。

「嗚……吾乃闇黑、闇黑乳牛……沁芷柔……」

「風、風、吾……吾乃首席、首席黑暗騎士風鈴……」

風鈴與沁芷柔整張臉漲得通紅，表情因屈辱而扭曲。

她們感到非常羞恥，身為少女的矜持已經快要燃燒殆盡。

幸好，當所有人的羞恥心都到達極限後，不知羞恥為何物的雛雪，充當關鍵時刻的救援投手，下了最後的結論。

「——就是這樣，喵！」

……

……

……沒錯。

既然桓紫音老師這麼執著於吸血鬼皇女的身分（偽），大概非常渴望有人陪她扮演吸血鬼一族。

所以，只要暫時忍受屈辱，假裝自己也受到了吸血鬼一族的薰陶，桓紫音老師肯定會非常開心，說不定會當場跳起舞來。

「……」

桓紫音老師一黑一紅兩隻眼睛都瞪得極大，咬著指甲，似乎有點焦躁。

最後，只給了我們一句評價——

「汝等……該不會有中二病吧？」

在桓紫音老師話剛說完的瞬間，原本打算忍耐到底的怪人社眾人，像是心靈終於碎裂了那樣，全都露出崩潰的表情。

**「「「唯獨不想被妳這樣說!!」」」**

「……汝等剛剛的臺詞，似乎少了一段。」

桓紫音老師比我們想像中的還要冷靜，竟然還能做出評價。

「但是呢，吾已經收到了哦，汝等的心意。嘛……不過，表演得也就勉勉強強吧，要成為真正的血之民，不是表面上裝裝樣子、耍耍中二就可以的。」

要求好高！

開過小玩笑之後，大家又坐回座位上努力練習寫作。

總之，就在這種氣氛下，我們距離下一次的六校月排行戰越來越近。

離六校月排行戰還有兩天的深夜，我又作了一個夢。

夢裡……依舊是那個氣氛微妙的怪人社，這次我以主角的視角陷入了夢境。

夢裡的怪人社，大家的感情沒有像現在這麼融洽，幻櫻的笑容卻比現在……多很多很多。

「零點一！社團下課後，汝留下來打掃怪人社！」

「啊……？為什麼是我？」

面對桓紫音老師的命令，眼神很無聊的我發出抱怨。

桓紫音老師說：「之前汝入社時吾就說了，汝的職責是書評兼僕人，僕人負責打掃也是理所當然的吧？」

「……」雖然夢裡的我有百般埋怨，最後還是留下來打掃。

在其他人都離開怪人社之後，門口卻有一顆頭探了進來。是幻櫻。

粉櫻色長髮的幻櫻。

她臉上帶著惡作劇般的笑容，走進怪人社，裝作不經意地踩住一張紙屑。

「……」我避開幻櫻，先打掃別的地方。

然而，她還是不停移動位置阻攔我打掃，最後我終於忍不住了，露出一張苦瓜臉。

「……妳究竟想幹麼!?」

「吶吶，柳天雲，你不覺得單純掃地很無聊嗎？」

「……如果某人不來搗亂的話，這簡直是全世界最有趣的事情了。」

我瞄了幻櫻一眼，但幻櫻轉過頭去，假裝這件事跟她沒關係。

「呼嗡？」

「別想用奇怪的狀聲詞試圖蒙混過去！」

被我吐槽的幻櫻露出燦爛的微笑。

「欸——？你比剛進怪人社的時候還要健談嘛。」

「……沒有。」

「什麼叫沒有？」

「獨行俠的談吐，只是為了蒙蔽敵人的言語之壁罷了。為了攔下所有攻擊，即使多構築幾次防線也是心甘情願。」

「柳天雲，你的中二病好嚴重哦。」

「……」我將教室裡的桌子搬到角落去，嘴裡反駁對方：「哼，我柳天雲才沒有中二病。」

「嘛、嘛。」她又發出奇怪的狀聲詞，然後看著我笑了。

……總覺得那笑容很微妙啊，令人渾身不舒服。

「這樣子好了，柳天雲，我們來玩個遊戲吧。」

「……不要！我在打掃。」

「欸……好過分喔，竟然拒絕一名美少女的請求，我、我要哭了喔！」

「請先流出眼淚謝謝。」

幻櫻俏皮地閉起單眼，很快又提出了建議：「不然……這樣子好了，我們花五分鐘玩個小遊戲，比賽三局，只要其中有一局輸給你，人家就幫你一起打掃。」

「！」

比賽三局，只要我能贏下一局，幻櫻就會幫我打掃？

而且幻櫻似乎忘了提出「勝利後的要求」，哼哼哼，看來就算是天才詐欺師，也有粗心大意的時候呢。

於是我立刻答應，並提出一個附加條件。

「對了……我可不玩猜拳喔！」

「猜拳上次就玩過了啦！我才不玩重複的遊戲。」幻櫻答應了。

……很好，非常好！

——這是我柳天雲展現獨行俠實力的最好機會，而且對方輸了要幫我打掃，我輸了沒有任何損失，根本是最划算的賭局。

經過討論，我們決定玩抽鬼牌。

為了避免有人用事先準備好的牌作弊，我拿出四張衛生紙，兩張上面畫小丑，兩張上面畫國王。

為了節省時間，遊戲玩法非常簡單。

「開局每人可以拿到一張小丑跟一張國王，輪流抽對方的牌，擁有兩張『國王』的人就贏了。」

由我先攻。

這個遊戲的先攻者非常有利，只要在第一回合抽到對方的「國王」，就立刻獲得勝利。

而且我只要在三局中贏一局就好，這是很簡單的事。

幻櫻把兩張衛生紙放在桌上，用手蓋住，只露出尖端讓我選取。

「呼嗯，你抽吧。」

……兩張衛生紙看起來一模一樣。

我考慮了一下子，手往右邊那張衛生紙摸去。

然而。

然而——!!

就在我觸碰到右邊那張衛生紙的瞬間，幻櫻的身體誇張地開始顫抖，臉上也浮現令人無法置信的恐懼表情。

「……」好浮誇的演技。

這樣看來，幻櫻肯定是想誘惑我思考「這張牌就是國王」，誤導我抽取右邊的衛生紙。

然後她就會利用這一點，反而把「鬼牌」放在這裡。

也就是說，左邊這張牌……是「國王」的機率非常大。

哼，妳的計策……我柳天雲看穿了！

「我選左邊這張牌！」

「欸——!?」

「不要『欸——!?』了，認命地把這張牌交給我吧。」

幻櫻露出掙扎的表情，彷彿要交出的不是一張衛生紙，而是她珍藏的某種寶物。

最後我順利拿到左邊那張衛生紙。

……是鬼牌。

「噗……呵哈哈哈……哈哈哈……哈哈哈哈……你比我想像中單純好多哦！」

幻櫻笑到彎下了腰，伸手去擦笑出來的眼淚。

我感到臉上像是有火在燒。

「不、不准笑！還沒分出勝負呢，妳要抽到我手上的『國王』，這一局才算妳贏！」

……

**十秒鐘後，幻櫻從我手上抽走了「國王」。**

不可能！

絕對不可能！

我用手蓋住了臉，一時無法接受現實。

在獨行俠之道上走出了這麼遠，心靈如此強大的我……竟然被嘲笑「單純」？

「第二回合也讓你先攻吧，柳天雲。」幻櫻狀似寬宏大量地表示。

我感到很不甘心。

於是第二回合，我再次往右邊那張衛生紙伸手。

「……」

這次幻櫻面無表情。

我略一停頓。

……等等，幻櫻這次沒有反應。

她似乎想誘導我去想「這次的反應為什麼跟上一次不同」。

既然如此，在考慮過後，我就很容易得出「啊啊……反應跟上次相反，放牌的地方肯定也相反」的結論。

在這種情況下，鬼牌反而會被藏在右邊，因為看起來安全的左邊，反而是思考上最危險的地雷區！

也就是說，只要抽取左邊的衛生紙，我柳天雲就是勝利者！

我抽起左邊的衛生紙。

「……」

……又是鬼牌。

然後幻櫻又開始大笑。

「噗……呵哈哈哈……哈哈哈……哈哈哈哈……你真的好單純哦，笑死我了！」

我再次感到臉上發燙。

「不要笑！我柳天雲還沒輸呢，妳是抽不到我手上的『國王』的！」

……

**五秒鐘後，幻櫻輕輕鬆鬆地拿走了我手上的國王。**

最後的第三回合，我感受到巨大的壓力。

她依舊讓我先攻。

幻櫻再次把衛生紙蓋在桌上，用手擋住。她帶著似笑非笑的表情，默默等待我抽牌。

「啾～～啾～～」

由於C高中正位處海島上，很多海鷗，這時候窗外剛好有一群海鷗鳴叫著飛過。

「啊，好可愛喔！」

幻櫻眼睛變得閃閃發亮，扭過身去看海鷗……導致蓋住衛生紙的指縫有點分離。

「！」

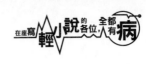

一直盯著桌面的我，有一瞬間透過幻櫻的指縫，看見右邊那張衛生紙繪著「國王」的王冠。

……右邊那張是國王。

哼哼哼哼……

哈哈哈哈哈哈哈……

我在心裡大笑。

會被這種小動物給吸引，沒想到天才詐欺師也不過如此。畢竟這傢伙看起來像個幼女，心靈符合外表也是很正常的事。

獨行俠是絕對不會犯下這種錯誤的，我會讓這個身體跟心靈一樣稚嫩的傢伙提早體會到這個世界的殘酷！

「我選右邊這張牌！」

「你選右邊這張嗎……？好。」

幻櫻很乾脆地將右邊那張牌交給我。

——是國王!!

我贏了!!

「太棒了！」好不容易贏過幻櫻的我將衛生紙舉高，跳起來發出勝利者的怒吼。

幻櫻卻不理我，自顧自地去拿了掃把來打掃教室。

「既然都輸給你了，我們就一起打掃吧。」

幾經波折後，我們終於開始一起打掃。

掃到一半，為了讓幻櫻知道自己的不足之處，我哼哼地將幻櫻的過失道出。

「哼哼……妳剛剛看海鷗的時候，手鬆脫了喔，沒徹底蓋住『國王』。」

「……是哦。」

幻櫻臉上似笑非笑的表情卻沒有變淡。

不知道為什麼，看到她那笑容，我有種敗北的挫折感。

「還有！妳忘了事先提出『勝利後的獎勵』，真的太粗心了！」

「……是哦。」

幻櫻依舊用同樣的笑容面對我。

我們都不說話了，默默打掃。

一陣子過去，打掃即將結束。

沉默許久的幻櫻在這時忽然環顧了整間教室，最後視線停留在我身上。

她將手放在腰後，微微彎下腰，朝我露出無可挑剔的燦爛笑容。

「嘻嘻，獎勵的話……已經收到了哦。」

我再次自夢中驚醒。

夢中的幻櫻，真的好快樂。

現實中的幻櫻……卻又如此沉默。

對於現實與夢境的巨大反差，不知道為什麼，有股無法揮散的悲傷……逐漸在心裡擴散開來。

# 第六話　今天零點一依舊滿是魯蛇殘念

天氣越來越冷了。

曾經有個作者說，要把人類變成懶惰鬼，最快的方式就是把他丟到攝氏十度左右的冬天去。這時人類就會像冬眠的熊一樣，努力尋找一個溫暖的地方趴著不動。

怪人社的眾人應驗了這個說法。

一群少女將身體縮進暖爐桌的保護下，只露出頭跟手臂練習寫作，這就是我在怪人社中看到的景象。

「……妳們是老人嗎？」剛踏入教室的我如此吐槽。

「可、可是真的很冷嘛！人家有什麼辦法！」沁芷柔不甘心地抱怨。

「……嗯嗯！前輩，現在真的很冷哦。」指著牆上的溫度計，風鈴也這麼說。

溫度計顯示攝氏五度。

但帳面上的溫度……凍結不了我柳天雲寫作的熱血，我拉過一副課桌椅，獨自坐在遠離暖爐桌的遠處，開始寫作。

但是不久後……

「——哈啾！」

「哼哼，你看吧，誰教你愛逞強！笨蛋、笨蛋——笨蛋!!」

沁芷柔伸出手指，毫不留情地嘲笑打噴嚏的我。

為了不讓全天下的獨行俠被人輕視，我依舊維持自己的颯爽風範，沒有去理沁芷柔的嘲笑。

過了一會，風鈴從暖爐桌中爬出來。

「前輩……如果可以的話，請穿上這個。風鈴在暖爐桌裡不會冷的。」

風鈴紅著臉，將她的制服外套送到我面前。

「……這樣好嗎？」

「完全沒關係哦！能借衣服給前輩穿，風鈴很開心。」

我本來想婉拒，但風鈴非常堅持，於是我穿上她的外套。

對我來說外套有點小，上面帶著一點風鈴的體溫，而且味道非常香。

沁芷柔瞄了我們一眼。

接著，她也從暖爐桌裡面爬出。

「拿……拿去！你會冷對吧!?」

一邊將外套遞過來，沁芷柔倔強地偏過頭去。

然而我已經不會冷了，所以沒有接過外套。

「哦哦，謝了，但我現在已經不冷了。」

「……可是，你不是穿上了狐媚女的外套嗎！」沁芷柔的臉頰鼓了起來。

我也照實解釋：「對啊，就是穿上了才不會冷。」

「煩、煩死了!!本大小姐這種超級美少女願意把外套借給你，這對你來說可是像神賜一般的幸運喔，總之穿上就對了啦！」

氣呼呼地將外套塞給我，迫於她的好意，我只好也把外套穿上。

這麼一來，加上我自己的那件，我已經穿了三件外套。

……老實說，好熱。

最後，雛雪也離開了暖爐桌，朝我這裡走來。

「……學長，請用。」

雛雪以雙手捧著熊熊布偶裝，一口氣放到我桌上，稿紙、鋼筆之類的東西頓時被布料洪水給淹沒。

「……雛雪也願意把外套借給學長，請盡量使用雛雪的外套。」

「這已經不是外套了吧！」

「……是外套沒錯，這件就是雛雪的外套。」

我嘆了一口氣：「雛雪，我老實跟妳說，我現在不但不會冷，而且有點熱，所以……」

「……」

雛雪以空空的眼神盯著我看，眼睛裡面出現了一層薄薄的水氣。

被她那樣看著，我不知道為什麼很有罪惡感。

「所以說……我真的很熱……」

雛雪依舊以空空的眼神盯著我看。

「那個……我真的很熱……」我的說話音量越來越小。

雛雪還是以空空的眼神盯著我看。

「……」

最後，我承受不住那眼神的壓力，只好宣告投降。

「──我穿！我穿還不行嗎!!」

於是，幾分鐘後，我穿著三件外套加一件布偶裝，像一顆笨重的粽子那樣，坐在座位上寫作。

接著，「喀啦」一響，怪人社的大門被人拉開。

「吾之眷屬唷，今天有沒有努力進行寫……」

桓紫音老師歡快的語調，在目擊某件事情後忽然中斷。

接著她用跑百米的速度衝到我面前，以纖細的手臂無法想像的怪力，單手抓住我的脖子，將我扠到半空中。

「──不是說了明天要對抗A高中，叫汝等認真練習嗎？零點一，汝穿成這樣，是打算跟吾唱反調嗎──？啊？啊？說話呀？」

赤紅之瞳不住散發恐怖的紅光，桓紫音老師直盯著我看。

……老實說，我真的很衰。

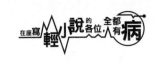

在頭上多了一個大腫包後，我被桓紫音老師原諒了。

明天就要與A高中交戰，大家十分認真地進行寫作修煉。

怪人社裡瀰漫著緊張的氛圍，太陽下山也沒有中斷大家寫作的熱情。經過好幾個小時的努力，月亮也高掛夜空，為了養足出戰的精神，桓紫音老師宣布今天到此為止。

「辛苦了，吾看得出大家都很努力……不必太擔心，明天的戰事，吾等必勝。」

如此勉勵著眾人，桓紫音老師露出罕見的溫柔微笑。

接著她從教室外拖進十幾桶早就準備好的水桶。

大家湊上去一看，發現這些水桶裡裝滿了東西。

……裡面是……肉桂醬？

雖然C高中早就擁有吃不完的食物，桓紫音老師會想用食物來犒賞我們非常合理，但是單純吃肉桂醬也太膩了吧？

「這些肉桂醬，是為了替零點一慶祝才搬來的。」桓紫音老師說。

「呃……替我慶祝？今天不是我的生日喔。」我回。

桓紫音老師點點頭，表示她知道。

接著，她蹲在水桶旁邊，拍了拍桶面開始解釋。

「……丹麥有個傳統。」她的語氣不知道為什麼格外溫柔，「如果二十五歲還沒有交到男女朋友，一直維持單身的話，就會被親友潑灑肉桂醬。

「……雖然吾知道零點一現在很多女朋友，不過吾知道那只是表面的，實際上還是殘念界的代言人。

「所以，為了預防這傢伙二十五歲時孤單邊緣到沒有人願意幫忙潑灑肉桂醬，好心又善良的吾，決定提前幫他舉行儀式哦。」

……也就是說，這傢伙篤定我二十五歲前絕對交不到女朋友是吧！別用那麼溫柔的語氣，說出那麼惡毒的話！

手指挑起一點點肉桂醬，桓紫音老師「嘿咻」一聲，將肉桂醬彈到我的臉上。

雛雪也蹲了下來，默默掬起一把肉桂醬。

沁芷柔露出跟桓紫音老師類似的溫柔表情，直接把整桶肉桂醬舉了起來。

「……」

「看吾的血之彈！」

「妳、妳丟到人家了啦！丟他、丟他！」

「順帶一提，乳牛，吾覺得汝也會單身到那時候。」

「什、什麼嘛！人家才不會那樣勒！」

「哈哈哈哈哈哈哈，難道妳們以為我柳天……」

「嘿呦——」

「臭狐媚女二號!!妳別想躲在角落置身事外!!看我的!!」

「……雛雪只是……嗚！妳……」

「雛、雛雪同學？妳還好嗎？風鈴可以借妳面紙喔。」

「一群胸大無腦的闇黑眷屬!!別內訌了，零點一在那邊默默得到了一桶肉桂醬彈藥，快來支援吾!!」

「……就算孤立無援，背負著踐踏夥伴屍體的罪孽……獨行俠依舊會繼續前行。」

「啊、啊啊……柳天雲你這傢伙究竟能有多中二啊!!」

「……如果是為了斬斷眼前的枷鎖……即使被過去的自己冠以忘恩負義之名，獨行俠亦甘之如飴——看我的肉桂醬攻擊！」

「嗚咿……！前輩，您扔到我了……」

「啊、抱……」

「受死吧，柳天雲!!」

「受死吧，闇黑眷屬零點一!!」

「……看到學長被人欺負……雛雪可不會置身事外。」

「狐媚女二號，妳不是剛剛第二個搶著扔肉桂醬的人嗎!?揍妳哦！」

「……學長，請保護雛雪，雛雪在後面提供火力支援。」

「好，那我們就暫時組成……呃噗！妳竟然倒戈！」

「幹得好！吾之眷屬，吾就知道沒看錯……」

在激戰來臨前的最後一夜，怪人社裡充滿了歡笑聲與四處飛濺的肉桂醬。

我想，這是桓紫音老師為了讓大家緊繃的神經得以放鬆的辦法吧？

雖然大家都被肉桂醬弄得一身狼狽，不過在這段短暫的時光中，真的好快樂。

彷彿有精靈在眾人間跳躍飛舞，將歡樂散播給大家——

「……」

最後的最後，我成為遭肉桂醬命中最多次的標靶，整張臉被肉桂醬給黏住。

稍微退後、抹去臉上的肉桂醬以後，我獲得短暫的喘息時間。

而風鈴、雛雪、沁芷柔、桓紫音老師依舊在教室中央進行肉桂醬混戰。

沉默了一陣子，我的視線逐漸拉遠。

「……」

我看見幻櫻獨自站在怪人社的門外，身影被漆黑的夜色所籠罩……默默注視著那些遊玩嬉鬧的少女。

她站在陰影下，彷彿將自身的存在感，也融進了影子中。

此刻的幻櫻……給人的感覺，好寂寞好寂寞。

肉桂醬之夜後的隔天，我們只進行少量寫作，剩下的時間，都用來在柔道部社團教室裡進行靜坐。

柔道部的地板是木製的，坐久了會反饋人體的溫度。

大家閉上眼睛，以靜坐的姿勢端正身體、以安穩的思緒沉澱心靈——利用出戰前最後的白天，將身、心、靈都調整到巔峰狀態。

一向吵吵鬧鬧的怪人社成員，很少有這麼安靜的時候。

在持續的沉默中，時間逐漸流逝。

最終，夜幕覆蓋了大地。

我們慢慢睜開眼睛，站起身來。

晚上八點鐘左右，晶星人的宇宙船來臨了——

我、風鈴以及沁芷柔，在C高中學生的加油聲中踏上宇宙船。

我注意到，這次負責來接送的是一名陌生的晶星人，不是七六四二三四。

「……」

大家一路上都沒有說話，但我看得出來沁芷柔跟風鈴都相當平靜，比之前出戰E、D、B等高中時冷靜很多。

這份冷靜，大概有一部分是靜坐的功效吧。

而最根本的原因，依舊是源於平時的大量練習。我們努力過、勞累過、懊惱過、挫折過……甚至哭泣過。以許許多多的過去做為基礎，才一路走到了今天。

……我們已經很強了。

……比起上次迎戰小秀策時，還要強很多。

……如果小秀策的實力沒有變化，現在的我們，大概都能輕鬆擊敗他吧。

然而，我依舊沒有掉以輕心。

雖然我們變得更強了，但是B高中那些學生，在小秀策落敗時曾經嘶喊過的話語，我從來沒有忘記過。

「煩死了！如果棋聖大人還在，B高中怎麼會輸！」

「要不是棋聖大人被A高中給奪走，B高中……又怎麼會輪到這個混帳恣意妄為！」

……以前的B高中是被名為「棋聖」的人物所領導，在之前七六四二三四留下的影像中，我們也見過他。

……能讓小秀策服從他，也就是說，棋聖的實力肯定遠在小秀策之上。

……再來，棋聖又被A高中奪走了，因此A高中更有超越棋聖的輕小說強者。

從之前看過的影像可知，棋聖對於被稱為「飛羽大人」的少年非常恭敬。

那個飛羽大人的實力是個謎團，或許他就是曾經打敗棋聖的A高中輕小說高手……？

一切都是未知數……A高中的神祕，僅次於怪物君所待的Y高中。

「……地球人，A高中快到了，做好心理準備吧。」宇宙船的前半部傳來晶星人的聲音，「不過，你們可真有勇氣，竟然敢挑戰A高中……

「嘿嘿……偷偷告訴你們一個小道消息。其實我們晶星人，私底下會開賭盤下注六所高中的排名變化，剛剛得知你們願意挑戰A高中之後，立刻有八百多個人下注了……」

他的語氣就像人類在猜測兩隻螞蟻打架哪隻會贏那樣，非常隨意。

「對了！賭你們會贏的人，你們猜有幾個？哈……除了一個整天喜歡研究『晶瑩時光機』的怪胎之外，你們的得票率是零。

「坦白說，根本沒有人認為你們會贏。畢竟A高中……比現在的你們強太多了。」

以帶著嘲笑感的語氣，晶星人笑了起來。

……

宇宙船的速度非常快，窗外的風景在飛速後退。

又過去了五分鐘，如果將臉貼在窗戶上，已經能看見遙遠的彼端有一座海島。

那座海島上，有一座壯觀無比的城堡。

……A高中！

宇宙船在城堡外降落。

晶星人十分煩躁地抓了抓頭，朝我們解釋。

「……這個城堡是用我們的道具『轉轉城堡君』製造出來的，最外圍設有隱形的防護罩，宇宙船會在半空中被擋住，我們用走的進去吧。」

於是我們跟著晶星人邁步向前。

首先映入眼簾的是一片被雪所覆蓋的森林。

A高中的城堡位在相當遙遠的視線彼端，被森林所環繞，看起來步行過去至少要二十分鐘。

森林的地面積了一層薄雪，但就像被某種魔法保護一樣，並沒有下雪的寒冷。這裡四處飄浮著彩虹般顏色的光點，使晚上也能看清周遭，許多無害的小動物在樹木之間蹦蹦跳跳，一片祥和。

一隻兔子跳到了風鈴腳下，好奇地看著她，嗅了嗅風鈴之後，用頭頂磨蹭她的鞋子撒嬌。

「好可愛喔！」

風鈴似乎想抱起兔子，但因為要跟上晶星人而忍住了。

大家不斷穿越森林，許多不知名的豔麗植物點綴著這個世界的色彩，讓人看得心曠神怡，彷彿進入了童話世界。

最後，我們終於穿過森林，走過護城河上放下的橋梁，站在A高中的城門下。

那是一扇有五、六層樓高的巨大城門，要把頭仰得很高才能看到頂端。

城門此刻是敞開的，沒有任何人把守，我們輕易進入了城堡的內部。

首先看到的是一個非常寬敞的城堡前廳，呈圓形，後方有許多通道通往其他房間。

前廳裡的火爐此刻堆滿了柴火，熊熊燃燒的火焰照亮了整個空間。

在火光的映照下，許多學生像是剛洗完澡那樣穿著睡衣，正三三兩兩地聚坐在地板打撲克牌，又或是玩大富翁之類的桌遊，歡快的笑聲不時從他們身上傳出。

甚至在前廳的正中央，還設置了一個吧檯，偶爾有學生去那邊點一杯飲料，會有類似戴著廚師帽的小精靈將飲料做好送出，再接受學生們嘉獎性的撫摸。

「……」帶我們來的晶星人有些無言，「也太奢侈了吧？只把『轉轉小精靈君』用來做飲料，那可是五星等級的廚師機器人啊……」

我們三人也是沉默。

大概是因為傻眼，晶星人站在門口觀察這些A高中的學生，一時沒有打擾他們。

而我們也沒有先開口，就這樣在門口呆呆站著。

「好耶！我贏了，阿武你要做十五個伏地挺身！」

「啊——!!怎麼又是我輸啊？我今晚已經做兩百多個了耶！」

一名男生懊惱地抓著頭髮。

「啊，這杯飲料好好喝喔，小彩妳喝看看！」

「誰、誰想喝你的飲料啊！走開啦！」

一對看起來處於曖昧階段的少年、少女，在角落單獨坐著。

「這次我要玩橋牌！橋牌我一定會贏！」

「哼哼……不管玩什麼你都會輸吧？」

「別小看我！」

另一邊十幾名男女混雜的團體，就像聯誼般，每個人都情緒高漲，不時傳出哄笑聲。

大廳角落，一個看起來不到五歲的小男孩，正蹲在地上用水彩筆畫畫，紙上畫的似乎是一名穿著古式和服的黑髮少女。少女的身後憑空飄浮著輕飄飄的彩帶，和服上點綴著碎星、月紋等美麗的圖案，全身像月亮一樣閃爍著柔和的銀光，看起來就像神話故事中走出的古典美少女。

這時有一個女學生彎腰，用溫和的表情詢問小男孩：「你在畫輝夜姬公主嗎？」

「嗯……嗯嗯！」小男孩用力點頭。

女學生注視著圖畫，過了一會又問：「你為什麼一個人在這裡畫畫？你的媽咪呢？」

「媽咪她……不在這裡……但是輝夜姬公主說……之後我就可以見到她了……」

「公主是說……一年後嗎？」

「嗯嗯！」小男孩再次用力點頭。

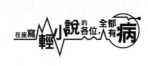

女學生沉默了片刻，摸了摸小男孩的頭。

「沒問題的，如果是『輝夜姬』紗羅紗公主的話……一年後，肯定能帶我們回去的……返回那個我們渴望的世界。」

「輝夜姬」紗羅紗。

這似乎是圖畫中，那個黑髮少女的外號以及本名。

又過了幾分鐘，A高中才終於有人注意到我們。

他們看到晶星人只是露出帶點迷惑的表情，但是看見後面的我們三人，頓時慌慌張張地產生騷動。

又驚訝又害怕的聲音從人群裡傳出。

「他們穿的那、那是C高中的制服對吧？」

「騙人的吧……這裡怎麼會有C高中的學生？」

「等、等一下！你們看，這些C高中的人是跟在晶星人後面來的耶……該不會……那個……今天是月底嗎？」

「……嗯，今天是月底沒錯。」

「難……難道說這些人是來挑戰我們的嗎？」

「不會吧、不會吧！糟糕了……!!」

A高中的眾人很快亂成一團，有幾個比較膽小的女生不小心摔碎了飲料杯；有幾個女學生，則保護著畫圖的小男孩不斷後退。

原本寧靜祥和的氣氛，在我們被發現之後，變得非常凝重與肅殺。

那些A高中的學生畏畏縮縮地看著我們，全部都在慢慢後退，似乎非常害怕我們會傷害他們。

……我有點錯愕。

在宇宙船上時，我早就已經做好心理建設——準備面對大批殺氣騰騰的敵人。我本來以為A高中全員會結成列隊，徹底做好迎敵防範，對我們投以充滿敵意的眼神。

但是……現在這種感覺……

現在這種感覺，簡直就像……我們是一群全副武裝的士兵，帶著殺意闖入了敵人的城堡，卻只找到一群與世無爭的村民一樣。

這些村民非常畏懼我們這些士兵，一看就是從來沒有經歷過戰爭的純樸人士。

就在晶星人似乎要開口的時候，從遙遠的末端通道口——有一道身影走出……漸漸現身在前廳的火光中。

那是一名穿著淡綠色狩衣、頭上戴著烏帽子的少年，他手上也拿著與小秀策類似的白色摺扇。

「……老朽來了，諸位無須驚慌。」

他的出現彷彿是一管鎮定劑，很快安撫了A高中眾人慌張的神經。

「棋聖！」

「太好了，是棋聖大人！」

接受歡呼聲簇擁出場的棋聖，注視著我們跟晶星人，露出有點奸詐的微笑。

「你們會來，想必是打算挑戰A高中吧。」

接著，棋聖的手從狩衣的袖子裡伸出，掏出了一面像是金色令牌的道具。

「這位晶星人朋友，老朽……要使用消耗性道具『迎戰令牌』！」

「……你確定？這是前兩名高中才有的特製道具，而且只能用一次喔。」

晶星人遲疑地反問。

棋聖的視線沒有看向晶星人，而是在慢慢移動後與我對上，笑著開口：「——當然要使用！畢竟……老朽有個非常想擊垮的對象呢。」

於是晶星人替我們進行「迎戰令牌」效果講解。

聽完說明後，我們三人的表情都變得有點難看。

簡單來說，「迎戰令牌」的效用就是……接受挑戰的防守方學校，可以在這一次的輕小說對戰中選擇比賽方式；如果挑戰方不願吃虧的話，可以選擇立刻離開。即使不進行挑戰，「迎戰令牌」也會失去效用，無法再次使用。

照理來說……我們現在應該立刻離開，避免在敵人的強項領域進行輕小說比賽。

但是，對方之前已經使用了「詛咒草人」，也就是說，這次的六校排行戰，我們非贏不可。

這個棋聖似乎早已算到了每一步，以「詛咒草人」加上「迎戰令牌」的組合技，打算對我們C高中進行……絕殺之戰！

晶星人從口袋裡摸出了一粒白色的骰子，將骰子拋在地上，很快形成了一個房間，左右各有一扇旋轉中的光門。

骰子房間，對於這種臨時架構的比賽場地，我們已經見過很多次了。

晶星人在確認雙方的比賽意願後，棋聖一個人站在屬於A高中的比賽入口，向晶星人示意可以開始了。

「人類，你確定要獨自代表A高中出戰？C高中派出了三名選手，你如果輸給其中一個人，A高中的名次就會下滑至第三名。」晶星人問。

棋聖搖著手上的扇子，點點頭道：「解決這種低位學校，老朽一個人就夠了。」

「……那好。人類們，聽好了，當你們各自踏入屬於自己那一方的門，比賽就會開始。」

我們遵照晶星人的話，踏入了骰子房間的漩渦光門中。

一踏入骰子房間，就有種傳送般的感覺出現，眼前先是一片黑暗，接著瞬間亮了起來，來到一個充滿白光的世界。

這個世界裡除了光線之外一無所有，甚至連天空、大地也沒有，我、風鈴、沁芷柔三人就這樣飄浮在半空中，不管往哪邊看去都是一片光亮。

「前輩……這裡是……」風鈴有點不安地抓住我的袖子。

而沁芷柔則盯著前方，我順著她的目光看去，只見棋聖從虛空中逐漸出現。

雙方選手到齊後，天空上響起了系統合成音。

「各位選手您好，我是晶星人系統編號〇〇〇三二九七號，這次負責擔任各位六校月排行戰的評審與裁判。」

「由於A高中代表使用了『迎戰令牌』，有權力選擇這次比賽的模式，請您於五分鐘內自行挑選合理的比賽模式。」

棋聖沒有任何猶豫，立刻做出了選擇。

「老朽要選擇……『輕小說珍瓏之戰』！」

「已接受『輕小說珍瓏之戰』的請求，請稍候……系統正在搜尋該模式的比賽規則……已查詢，確定通過申請……系統正在下載過往資料……已完成……現在建立比賽模式，開始說明。」

「本次輕小說對戰模式為——『輕小說珍瓏之戰』!!」

晶星人系統編號〇〇〇三二九七號開始說明比賽規則。

「本次比賽，每個人有一小時的前置準備時間，進行輕小說大綱的描寫，一小時後，大綱將會被系統收回保存。

「前置準備結束後，比賽正式開始，時限共兩百小時。每位選手必須依照大綱寫出十萬字的輕小說，題材不限，但不得中途改變劇情走向，違者判敗。

「若兩百小時的時限內，無法完成該輕小說，亦視為該選手棄權。

「——在兩所學校的選手完成十萬字輕小說後，比賽將進入第二階段，時限為一百小時，雙方的輕小說作品將被『裁剪出前五萬字』，並與敵人進行交換。

「——每位選手必須接續敵人留下的五萬字作品，完美利用敵人留下的所有角色與劇情伏筆，進行輕小說作品的補完，並將其寫至十萬字結尾。

「若是無法接續敵人寫出的輕小說，將視為該選手棄權。

「接續對手作品成功後，系統將統一收回雙方的輕小說，將雙方各自寫出的同一份輕小說進行評分，互相比對後，再將兩個分數進行加總，分數高者為勝。

「由於A高中代表只有一人，所以在第二階段，A高中代表將擁有三倍的時間。並且，在比賽過程中，C高中禁止進行內部交流討論。

「比賽建立完成，將在五分鐘後開始……請各位玩家稍候。」

……

我、風鈴、沁芷柔都愣住了。

這種輕小說比賽規則，別說是聽過、練習過了，我們連作夢都沒想過。

但這也確確實實是輕小說比賽，並不是隨便亂設計的規則——每一個環節都充分考驗了輕小說作家的基礎能力，只要是真正的強者，肯定能獲得最終勝利。

乍聽之下規則很繁複，但仔細思考過後，其實並不難理解。

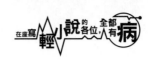

首先，大家寫出一份大綱，並交給晶星人的系統保管。

再來，必須忠實照著大綱寫出一份十萬字的輕小說。

接著，寫出來的輕小說會被截出前五萬字，交給敵人。而自己也會收到敵人前五萬字的輕小說。

最後，接續對方的輕小說，總共四份輕小說將進行評分，加總分數高者為勝。

做個簡單的舉例，假如我寫了一部名為《夏日中二病大作戰》的輕小說，棋聖寫了一部叫《凜冬夜雪》的輕小說……在進入第二階段後，我會接續棋聖只寫了五萬字的「凜冬夜雪」——棋聖則會接手我寫了五萬字的《夏日中二病大作戰》。

我的《夏日中二病大作戰》，會與棋聖用猜測補完的《夏日中二病大作戰》進行比較，得出第一個分數。

而我筆下推測出的《凜冬夜雪》，也會與棋聖所寫的《凜冬夜雪》本尊進行廝殺，這裡得到第二個分數。

——兩個分數加起來，高者為勝！

規則的本質其實簡單明瞭，卻讓人心裡慢慢浮現恐慌。

——我該怎麼接續對手的輕小說？

——對手究竟想怎麼寫？我會不會看不懂他的伏筆？

——我又不是作品大綱的產生者，有可能寫得比對手還好嗎？還有……如果對手接續我的輕小說之後，寫得比我還棒，那就糟糕了。

一切都是疑問。

那些疑問，產生了一種無措的恐懼感，讓我、風鈴……以及沁芷柔，全部都有些茫然。

而棋聖……在看見我們的表情後，他卻笑了。

哈哈大笑。

「哈哈哈哈哈哈……柳天雲，你也會露出這種表情！當年一次次在比賽中奪去老朽的冠軍時，你想得到今天嗎？

「坦白跟你們說也沒關係，你們知道『輕小說珍瓏之戰』這個名稱是怎麼來的嗎？這名稱可不是老朽取的，而是晶星人……替人類設計出的特殊比賽稱呼。

「搖搖你們三人那可恨的腦袋，仔細去想想……『珍瓏』這兩個字是什麼意思吧。」

我想了想。直到現在，我才有心力去思索比賽名稱的涵義。

珍瓏……珍瓏……？

從記憶深處翻湧而出的情報，瞬間流遍了腦海。

「珍瓏」是圍棋中的一種術語。

圍棋在日本已經流傳了上千年，在中國更有四千年的悠久傳承，是一種經歷時光長河沖刷而不滅的益智遊戲。

而珍瓏的意思就是：接續敵人擺出的圍棋殘局，試著化解場上艱澀的局面，努力從困局中逃出生天。

「——!!」

原來如此。

輕小說珍瓏之戰，這個遊戲的原理，就跟圍棋裡的珍瓏一模一樣。

聽說在日本的棋院裡，某些職業棋士會用「珍瓏」來訓練學生的解局能力，連職業棋士都看重的「珍瓏」，難度當然不是普通人可以想像。

而棋聖……他既然以日本圍棋界有名的頭銜「棋聖」做為外號，棋力可能非常強大，說不定連職業棋士都可以贏過，對於珍瓏大概也有相當程度的研究。

——換句話說。

換句話說，這個「輕小說珍瓏之戰」，是能將棋聖的實力……發揮到不可思議高度的絕佳場所！

不安的感覺越來越強烈了。

因為，我們正一步步掉入棋聖的陷阱。

以「詛咒草人」引誘我們出戰……以「迎戰令牌」封死我們的退路，再用「輕小說珍瓏之戰」將我們逼上絕境，環環相扣，沒有留給我們任何逃生的機會。

「呵呵呵……哈哈哈哈……」棋聖大笑。

他將扇子收成棍狀，向我指來。

「曾經的王者啊，今天呢，老朽會讓你知曉身為敗者的懊惱……嘗嘗墮落至深淵的苦痛，陷入無止無盡的悔恨輪迴！」

我沉默。

我不知道棋聖過去到底受了什麼樣的苦，導致他這麼恨我，但我知道……C高中現在必須贏。

必須要贏！

所以……不管對手再怎麼張狂，我都會踏在本心之道上……以我的道，全力戰勝所有敵人！

「請各位選手注意——系統已準備完畢，比賽將在倒數終了後開始。」

「五、四、三、二……」

伴隨著編號〇〇〇三二九七號的倒數音效，「輕小說珍瓏之戰」正式展開！

「請各位選手先撰寫輕小說大綱，時限為一小時。」

比賽開始後，每個人面前都多了一張桌子跟許許多多的稿紙。

照著編號〇〇〇三二九七號的提示，大家開始思考大綱。

……要寫什麼輕小說呢？

……既然要讓對方接手，或許推理類的輕小說會占一點優勢。

……不過，推理類的小說並不是我的強項，這樣我的作品分數也會相對削弱一點。

想了又想，我終於動筆寫下自己的輕小說大綱。

「……」

一個小時很快過去，大家寫好的大綱被編號〇〇〇三二九七號給收走了。

編號〇〇〇三二九七號的提示也再次響起：

「請各位選手開始撰寫輕小說，時限為兩百小時。」

這時候我已經看不到棋聖了。

天地之間的光芒更加耀眼，我就像被關在一個光形成的牢籠裡，除了自己面前的稿紙之外，什麼也看不清。

於是，我將剛剛擬的輕小說大綱寫出。

《亞特留斯之劍》，這是輕小說的名字。

它敘述一名少年，在充滿危機的地下城裡被怪物所困。為了讓這名少年脫困，一名美麗的精靈魔導士被怪物纏住，最後只有少年獨自逃出地下城，暫時回到安全的地面。

天空看起來灰濛濛的，世界正被傾盆大雨所籠罩。

「莓洛兒……」

少年躺在滿是爛泥巴的地上，喃喃望著烏雲滿布的天空。那灰暗的色澤像是已經沁染進他的心坎一樣，讓他整個人充滿頹喪灰敗的氣息。

念著已經陷落敵陣的夥伴名諱，他無意識地坐起身來。

「對不起……我不夠強……可、可是妳比我厲害很多很多……妳肯定可以逃出來的！」

在地下城的入口處，少年等了三天。

這三天中，其餘的冒險者進進出出，那裡面有稍微熟悉的臉孔，也有完全陌生的臉孔……然而，始終不見莓洛兒的身影出現。

莓洛兒只有十六歲，是一名精靈魔導士。這個年齡……對壽命至少有上千年的精靈來說，完全是一個太過年輕的數字。

但為了與在湖邊認識的少年組隊，莓洛兒離開了森林，與他一起進入地下城。

地下層一直往地底深處延伸，傳說總共有三百三十三層，但從來沒有人可以深入兩百層以下。

但是，傳說中亦有描述：在三百三十三層的盡頭，存在著神靈的力量碎片，只要使用那碎片……就可以實現一個願望。

神靈早已消逝在這個世界，但祂們在歷史的書頁中留下許多偉大的神蹟，即使過去了近萬年，人們仍無比渴望擁有神靈的力量。

「……」

雨點不斷擊打少年的身軀。

那雨，喚起了少年的某些記憶……回憶在這時候瞬間湧上。

「我希望這世上所有的種族都可以和平共處，不再互相爭鬥、彼此殘殺！如果得到了『神靈的力量碎片』，我一定會許這個願望！」

當初在湖邊遇見莓洛兒的時候，少年這麼對她說。

一頭美麗銀髮的莓洛兒是嬌小的蘿莉體型，頭頂只比少年的胸口再高一點。

當時她眨了眨帶著天真的大眼睛，以嬌嫩的聲音如此詢問：「所有種族和平共處……？裡面也包括精靈族嗎？」

「嗯！」少年用力點頭。

「那個……這是真的嗎？那個叫『神靈的力量碎片』的東西……真的可以辦到這種事嗎？精靈長老他們，再也不用為了保衛森林而受傷了嗎？」

「當然可以！」

莓洛兒的生活範圍僅限於森林，少年描述的那些外界消息，她從來沒有聽過，每件事情都是那麼新鮮有趣。

對莓洛兒而言，少年簡直就是超級博學的百科全書。

在一天天的相處中，受到少年鼓動的莓洛兒，終於對外面的世界感到心動。

而且，莓洛兒也想讓森林裡的族人，擺脫無數年來為了守衛家園而流血的命運。

「人家準備好了，我們走吧。」

最後，莓洛兒帶著一絲害怕與許多的好奇心，跟著少年走出了生活十六年的森林。

旅途中，既然成為了夥伴，他們就有必要瞭解彼此的實力，這樣在戰鬥中才能更好地進行配合。

他們決定輪流展示實力，由少年先來。

「哇哈哈哈哈哈——妳可別嚇到了喔！」

少年從背後抽出有點生鏽的長劍，往前方一棵大樹快速跑去，在路過樹旁邊時，迅速使出了衝刺斬擊，

嘩啦——大樹從中間被砍成兩半，倒在地上。

「哼哼，怎麼樣！看到了沒有？」

少年把長劍插回背後，雙手抱胸，神氣活現地對精靈少女炫耀。

「？」

接著，他看見莓洛兒蹲在大樹旁邊，仔細研究著倒下的樹幹。

「我說妳呀……是驚訝到說不出話來了嗎？」

少年一邊哼哼地笑，朝莓洛兒走去。

果然，在莓洛兒回頭看來時，他從莓洛兒的表情中捕捉到明顯的困惑。

……但是，對方接下來的問話，卻讓少年更加意外。

「請問……這棵樹接下來會產生爆炸還是變成樹人起來戰鬥嗎？為什麼人家感覺不到魔力波動呢？」

「呃……我想這棵樹不會爆炸也不會變成樹人的。」

「──!?你剛剛不是在展示實力嗎？」以非常錯愕的語氣，莓洛兒如此問著。

接著，她朝遠處一揮手。

「所謂的實力展示，不是應該這樣──」

莓洛兒揮手的方向，遠處有一座山，頓時被憑空產生的火焰彈炸掉了小半邊。

「或是這樣──」

莓洛兒手指往上一挑，附近本來有一條小溪，此時溪水全部飛上了半空中，凝成樣貌猙獰的水龍，水龍往天空劇烈咆哮，最後在地上撞出一個恐怖的大坑。

「還有這樣──」

莓洛兒吹了一下口哨，周遭所有的樹木竟然瞬間活動起來，變成力大無窮的樹人怪物。他們輕輕鬆鬆地把比人還粗的樹幹當作武器揮舞，而且還有超級高的智商，竟然能像軍隊一樣組成衝鋒陣式。

「──嗎？」

莓洛兒錯愕的疑問，終於問完了。

在她的印象中，精靈族中所謂的「展示實力」，至少也得是這種水準。

因為沒有跟其他種族交戰過，她不知道人類到底有多強──但是莓洛兒在故事書中看過，人類裡有被稱為「大英雄」的偉大人物，跟精靈族的領袖「精靈王」實力差不多，所以她下意識認為少年的實力應該也跟自己差不多。

少年漲紅了臉。

但是為了在莓洛兒的眼中維持「學識淵博又厲害的哥哥」的好形象，他開始乾笑。

「哈哈哈哈哈，我的實力當然不止這樣了——」

向著莓洛兒攤開手，少年做出無奈的樣子。

「但是呢……妳仔細想想，妳剛剛先是破壞了山，毀壞了動物的居住環境；又汲取了水，讓魚蝦無法生存；最後指揮大樹，讓喜歡安穩的它們無法平靜……

「——莓洛兒唷，聽好了！真正的強者，絕不會妄用自己的力量，去影響屬於他人的自由！哪怕只是魚蝦河蟹、花草樹木……對於這個世界來說，也都是重要的一員！以一己之力去扭轉世界運轉的軌跡，絕不是強者該具備的風範！

「我這麼說……妳能理解嗎？」

「……」

少年說完後，斜眼看向莓洛兒，觀察她的反應。

莓洛兒露出有點傻乎乎的天真表情，用力點頭。

雖然精靈族是非常聰明的種族，但論起奸猾狡詐，大概五百條飛龍接力也追不上人類。

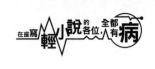

「嗯、嗯嗯！精靈長老常常教導我們要與大自然和平共處，大概就是這麼回事吧！」莓洛兒對少年更佩服了。

但她沒看到的是，好不容易唬弄過自己的少年，背對自己擦了一把冷汗。

兩人繼續踏上旅途。

幸好，莓洛兒畢竟是睿智的精靈一族，過了幾天，在應付山賊、史萊姆、哥布林等敵人時，她很快就發現少年似乎不像自己說得那麼強大。

但莓洛兒也沒有說破，她發覺自己很喜歡用雙手托著臉頰，看著少年在火堆前吹噓的身影。

……好幸福呢。

……如果這種幸福，能一直持續下去就好了。

於是，莓洛兒露出了大大的笑臉。

然而。

然而……少年與莓洛兒闖入地下城後，在第一百八十九層，兩人遭遇了大批的亡靈祭司。

亡靈祭司是由生前擁有強大魔力的活體轉化而成，被困在地下城生生世世無法逃脫，在某種規則的運轉下，一生被迫守衛著地下城。

這些祭司還擁有生前一半的智慧，各式攻擊能力更是強大，少年根本不是對手。

其實以少年的本領，能夠走到第十層就已經是極限，此刻能站在一百八十九層這種接近深淵的數字，完全是仰賴莓洛兒的強大實力。

……然而，莓洛兒畢竟年紀不大。

如果再給她幾百年時間，等她成為精靈魔導師後，橫掃這些亡靈祭司，想必是輕而易舉吧。

但是，世上從來沒有「如果」。會將怨念寄託在這種空談上的人，代表已經身處敗者的一員。

轟！

轟！轟！轟！轟！轟！轟！轟！

在五百多名亡靈祭司的法術轟炸下，莓洛兒的魔力漸漸不夠了。

而且因為附近的空間被亡靈祭司的法術封印，連能返回地面的傳送石……也不能捏碎使用。

看清情勢後，莓洛兒像是想通了什麼一樣，微微一笑。

「……你先走。」

「那妳呢!?」少年的語氣非常驚慌。

莓洛兒接著說：「……沒關係，你先離開這裡，脫離空間封鎖之後捏碎傳送石，先回到地面去。我會擋住他們一下，然後再去找你。」

「喔……喔喔！」少年相信了莓洛兒。

畢竟在過去的旅程中，不管他再怎麼吹牛，這個天真無邪的精靈少女，永遠都是那麼善良，從來沒有騙過自己。

於是，少年轉身就逃。

在各式法術的亂戰中，莓洛兒念誦出一串艱澀難懂的咒語，硬生生用咒術殺出了一條路來，讓少年能夠逃脫。

「……」

在目送少年離去、看到遠方傳送石被捏碎的光芒閃起後，莓洛兒又笑了。

她的笑容……就跟當初在火堆前托著臉頰，看著少年吹噓自己時……同樣的美麗與純真。

「對不起呢……精靈長老……爸爸……媽媽……」

她一個個念過精靈族那些熟悉的人的名字。

在最後的笑容中，一直守護著莓洛兒的魔力護盾……被亡靈祭司的法術無情地摧毀了。

轟！轟！轟！轟！轟！轟！轟！

在無數法術的轟擊下，一邊吐著鮮血，莓洛兒被擊飛到半空中。

耳邊最後的聲響，是嗚嗚的風聲。同時在莓洛兒迅速模糊的意識中，閃過了少年的臉龐。

「還有，對不起……我不小心學會說謊了呢。」

「……」

在大雨中的地下城入口待了三天三夜的少年，隨著時間逐漸流逝，終於明白……莓洛兒騙了自己。

身為壽命悠久的精靈族，她卻用自己的命，來換取一個認識不久的人類的命。

少年搥著地面發出痛苦的哀號，就像死去的人是自己一樣。

那是就連旁聽者都會感到靈魂幾乎震顫起來的……痛苦哀號聲。

他的指甲用力掐進了掌心，皮膚被割破，不斷流出鮮血。

他的頭顱不斷撞擊地面，像是想藉著痛苦來緩和撕裂心靈的那份傷勢，卻沒有任何效果……

十天後，變得十分憔悴的少年站了起來。

他想起了一個傳說。

傳說中，強盛的精靈族有個皇者，被尊稱為「精靈王」。

就連莓洛兒這種年輕的精靈都這麼厲害，精靈王的強大，普通人更加無法想像。

——然而，就算是這麼強大的精靈王，在人類裡也有名為「大英雄」的存在，擁有與精靈王同等的實力。

大英雄。

這個名號，其實不是人類的最強者才能獲得……

……而是必須反過來理解，得到這個名號的人，就可以成為人類的最強者。

於是，少年有點恍惚的意識裡，逐漸記起了人類世界中，有關大英雄這個名號的一切。

……大英雄。

……只要是「亞特留斯之劍」的持有者，就會被稱為大英雄。

……據說，「亞特留斯之劍」是一把帶有魔性之火的大劍，這把大劍擁有開天闢地的威力，能讓所有使用者成為真正意義上的「最強」。

……然而，「亞特留斯之劍」上面附帶的魔性之火，會把一切妄想使用、移動它的人事物灼燒成灰。據說在一萬年前，現任精靈王試圖拿起這把大劍時，便被嚴重灼傷，被迫放棄。

「——這把魔劍，灼燒的是世間萬物的靈魂，除了初代大英雄，任何人都無法使用。」當初的精靈王留下了這樣的話語。

傳聞結束了。

但結束的僅僅只是過去的傳說，未來還有無限的可能。

這把任何人都無法使用、移動的最強之劍，也始終被放置在王國的正中心。

「莓洛兒……她說不定還活著……她在底下等我……我要去救她……

「如果拿起『亞特留斯之劍』，成為大英雄……我就有救她的資格……」

於是，憔悴又滿身傷痕的少年，踏上前往王國中心的道路。

……

他沿著道路，不停走著、走著……

走著，走著——

來地下城的時候，少年也頂著相同的大雨，踏著相同的土地……沿著相同的道路行走……

然而，這一次的離去……那無數的相同中……卻有了不同。

「……」

慢慢遠離地下城的少年……身旁依稀出現了一個不時在他身邊打轉、蹦蹦跳跳的嬌小身影。

……少年閉目。

他明白，那是來自美好回憶的幻影。

真正的他，前進的身影依舊無比孤寂。

亞特留斯城。

做為王國的核心地帶，這裡是一座寬廣繁華的城市，幾乎每一寸土地都被高度開發利用，人口密度也遠高於平均值……但是，亞特留斯城正中央的某塊土地、相當於心臟的位置，卻空空如也，只布滿了焦土與不祥。

一把比成年男人身體還要寬長的大劍，始終靜悄悄地插在焦土中，等待主人的來臨。

也因為這把大劍的存在，這座城市被命名為亞特留斯城。

亞特留斯之劍……不分日夜、不分寒暑，銘刻著奇異魔紋的劍身上，始終燃燒著紫黑色的魔性之火。

只要有人試圖拿起它，從劍身迅速蔓延至挑戰者體表上的魔性之火，就是成為「大英雄」最大、也是最後的考驗。

拿起劍，並活下來。

想成為亞特留斯之劍的主人……這是唯一的條件。

這把大劍似乎擁有自己的意識，如果在焦土的覆蓋範圍外築起封鎖牆，又或派人看守，它就會發出恐怖的魔性之火，將所有試圖阻礙自己找到新主人的事物燒個精光。

所以許多年以來，亞特留斯之劍一直就這麼孤零零地插在王國的正中心，等待新的主人來臨。

大概，不只是人們想要獲得亞特留斯之劍……這把孤單了太久的大劍……也在渴望得到新主人。

「……」

今晚，依然下著豪雨。

天空的夜色，在雨點與烏雲的覆蓋下，看起來像墨水一樣濃重。

但是就在這麼一個下著大雨的漆黑夜晚……插著亞特留斯之劍的焦土外，逐漸響起了踏水而來的腳步聲。

那腳步聲越來越清晰，漸漸地，一抹看起來有些瘦弱的身影邁入了焦土的範圍。

那是一名少年。

夜色中……一雙紅色眸子像在燃燒般發出幽光的少年。

「莓洛兒……」

少年走到亞特留斯之劍的面前，這把大劍即使有一半插在土壤裡，高度依舊到少年的脖子。

**「等我。」**

道出了最後兩個字，少年用力握住了劍柄。

「──!!」

痛。

劇痛。

無法想像的劇痛──!!

大量魔性之火爭先恐後地爬上少年的身軀，將他包裹進熊熊燃燒的紫色魔焰中。少年張嘴想要喊叫，卻只吐出幾絲被魔焰蒸發的白煙。

在無盡的痛苦中，少年卻笑了。

他想起了莓洛兒

像是得到了新的勇氣注入般，少年的聲帶雖然已經被魔性之火燒壞，卻依舊對著亞特留斯之劍拚命嘶喊。

那嘶喊，無聲。

——卻比世界上任何喊叫，都還要令人感到顫慄。

「——劍啊，能獲得你的人……就會被稱為大英雄。

「——大英雄……大英雄!!這個世界上……每個人都這樣稱呼你的主人！」

少年盯著劍身的紅色雙目，爆發出驚人的赤芒。

「——我不知道過去有多少人拔起了你，成為你的主人。但是，能通過這麼嚴厲的考驗……他們肯定都很厲害……身懷我無法比擬的實力……擁有我無法企及的高尚品格……心中存有拯救一切的崇高理想。

「所以，我明白，你在尋找的……是不需要被任何人認同，也能證明自身價值的真正英雄。」

亞特留斯之劍或許能聽懂少年的話，也或許聽不懂。可它終究沒有回應少年，只是不斷在對方身上燃起越來越盛大的魔性之火。

少年的無聲嘶吼依舊在繼續。

「──我坦白跟你說，我不是英雄!!

「──我的實力非常弱小，只能砍倒一棵小小的樹，連哥布林都打不贏；我的品格非常低劣，為了一點點虛榮心，就在森林裡欺騙一名純真的精靈少女，讓她誤以為我是博學的大人物……我更沒有拯救一切的崇高理想，從出生到現在，沒有救過任何人類的性命。

「──但是!!

「──現在的我……想要去救一個人。只要能拯救她……我願意付出一切代價！

「就算只有一小段時間也好……哪怕事後我連靈魂都會被燒盡也沒有關係……請你把力量……借給我!!」

「……」

少年的話語，並沒有打動亞特留斯之劍。

猜測到亞特留斯之劍或許擁有思考能力後，想靠著詐欺之術輕鬆成為「大英雄」的無用之徒實在太多。亞特留斯之劍就像個飽經風霜的老人，不會被任何言語輕易動搖。

少年身上的魔性之火依舊在燃燒。

眼看他就要倒下死去，化為飛灰時……

亞特留斯之劍忽然覺得很奇怪。

……為什麼這名少年，能在魔性之火的燃燒中支撐這麼久？

……普通人的話，一秒鐘內就會被燒成灰了吧。想要撐到現在，至少也得是劍聖等級的實力。

心中有了疑惑，於是亞特留斯之劍向少年「看」去。

「……」

它看見少年體內有一層柔和的綠光存在，那綠光除了抵禦魔性之火的灼燒，還替少年提供了源源不絕的生機。

「這股力量……精靈王……？」

亞特留斯之劍想起一萬年前，也曾經在精靈王身上體會過這種力量。

那是自亞特留斯之劍被鑄造出的數萬年以來，唯一一個沒有得到它的認可，僅憑藉誇張的實力，差點硬生生地把它拔走、成為「大英雄」的偉大人物。

「……這股綠光……確實是精靈王那傢伙的庇佑力量……但……怎麼會這麼弱呢……是精靈王給出庇佑後……又被人轉手嗎？」

想不通原因的亞斯留特之劍，將魔性之火的力量分出一小部分，用探查的方式接觸了那層綠光。

然後，它看見了綠光裡潛藏的回憶碎片——

「快要進入地下城的範圍了呢。」

站在地下城的入口前，美麗的精靈少女如此說著。

那時身上還沒有半點傷痕、看起來乾乾淨淨的少年，嘴裡叼著一根青草，雙手枕在腦後，一副無憂無慮的樣子。

「哇哈哈哈哈，不用擔心，我會保護妳的！我可是很厲害的喔！」

少年拍拍胸口大笑。

精靈少女盯著少年，似乎想說什麼，卻忍住了，最後只給予他一個微笑。

「嗯，○○最厲害了！」

○○似乎是少年的名字，殘像重演到這裡時有點模糊，亞特留斯之劍沒有聽清楚。

但是它看見了——在正式進入地下城之前，精靈少女從體內抽出了一團珍貴的綠光，接著把它按進了少年的背後。

「……這是什麼呀？祝福術嗎？」

少年發覺了精靈少女的動作，想轉頭瞧瞧自己的背後。他努力伸長脖子的模樣，讓精靈少女忍不住笑出聲。

她沒有回答少年的問題。

「妳怎麼不說話……？」

少年最後轉過頭看到的，是精靈少女一貫的溫婉微笑。

接著，另一段記憶碎片又跟著湧上。

「所謂的實力展示，不是應該這樣——」

苺洛兒揮手的方向，遠處有一座山，頓時被憑空產生的火焰彈炸掉了小半邊。

「或是這樣——」

苺洛兒手指往上一挑，附近本來有一條小溪，此時溪水全部飛上了半空中，凝成樣貌猙獰的水龍，水龍往天空劇烈咆哮，最後在地上撞出一個恐怖的大坑。

「還有這樣——」

苺洛兒吹了一下口哨，周遭所有的樹木竟然瞬間活動起來，變成力大無窮的樹人怪物。他們輕輕鬆鬆地把比人還粗的樹幹當作武器揮舞，而且還有超級高的智商，竟然能像軍隊一樣組成衝鋒陣式。

「——嗎？」

「對不起呢……精靈長老……爸爸……媽媽……」

她一個個念過精靈族那些熟悉的人的名字。

在最後的笑容中，一直守護著苺洛兒的魔力護盾……被亡靈祭司的法術無情地摧毀了。

轟！轟！轟！轟！轟！轟！轟！

在無數法術的轟擊下，一邊吐著鮮血，苺洛兒被擊飛到半空中。

耳邊最後的聲響，是嗚嗚的風聲。同時在莓洛兒迅速模糊的意識中，閃過了少年的臉龐。

「還有，對不起……我不小心學會說謊了呢。」

短短幾秒鐘內，亞特留斯之劍看到了許多畫面。

接著，它沉默了。

劍本來就不會說話，但對於亞特留斯之劍來說，這是真正意義上的沉默。

最終……看向眼前力量像螞蟻般微弱，但依舊在拚命嘶吼的少年，亞特留斯之劍發出了只有自己能聽見的嘆息聲。

「愚昧的人類啊……你，並非我萬年以來一直在等待的對象。

「正常來說，你甚至連接近我的能力都沒有……因為能揮舞亞特留斯之劍的，唯有真正的英雄。我只認可英雄，並且被英雄所使用。

「坦白說，你非常無能，弱小、無知、野蠻、不知禮數、喜愛吹牛、不知天高地厚、缺乏鍛鍊體魄的毅力，簡直滿身都是缺點，然而……」

亞特留斯之劍說到這，一頓。

「現在的你，已經有了一點點讓我認可的資格。」

它想起了記憶碎片中那個不惜犧牲一切，也要把少年送回地面的精靈少女。

「因為，對於那個精靈少女而言……你，就是全天下最厲害的英雄。」

天色越來越暗沉。

雨，也越來越大了。

莓洛兒失陷於地下城的十天後，距離地下城遙遠的彼端，一條充滿泥濘的大路上，此刻有一道身影，正漸漸從雨中清晰起來。

那是一名全身都被紫黑色烈焰包裹的火人。

雨點完全無法接近這個火人，光是稍微擦過，就會化為水蒸氣消失不見。

火人的肩上，扛著一把冒著黑色凶焰的大劍，每走過一步，地面都會留下一個燃燒中的腳印。

那大劍上的黑色火焰，無時無刻都在焚燒宿主，如果不是火人體內有奇異的綠光在不斷治癒著傷勢的話，他轉眼就會被燒成灰燼。

「……」

「我來了，莓洛兒。」

帶著無邊凶焰的火人踏進了地下城，替這個地方的魔物帶來了無法想像的恐怖噩夢。

「斬！」

「──斬！」

火人每揮出一劍，都會讓一大片區域憑空燃燒起來……大劍本身的威力，更是不斷改寫地下城的地形。原本是山谷的地方被削平了，平地被破壞成一道道深淵，他彷彿是「暴虐」這個形容詞的化身，正瘋狂釋放著心中的狂怒。

而那個火人手上持的劍，竟然還會說話：「人類少年啊……你本來沒有使用我的資格，所以你必須付出代價。

「魔性之火，原本就會汙染靈魂……你的靈魂被我灼燒了這麼久，早已變得無比汙穢，就算日後死亡……靈魂也註定會陷入深淵，將被囚禁一個又一個千年，直到刑期結束，才能再次進入輪迴……

「據我估計，死亡後，你的靈魂大概會被折磨三千年吧，你怕不怕？」

三千年，這是人類無法想像的可怕長度。

可是，外表像個火人的少年，就像沒有聽到一樣，自顧自地揮劍。

「斬！」

「斬！斬！斬！」

他確實什麼也聽不見。

少年的世界裡，此刻只剩下不斷往前延伸的地下城道路，其餘的一切都不重要。

地下十層。地下二十層。地下三十層。

從來沒有人用這麼快的速度抵達三十層。

地下四十層。地下五十層。地下六十層。

也從來沒有人……帶著如此深沉的憤怒與哀傷，來闖過地下城。

一百五十五層……一百六十三層……一百六十七層……

注視著少年不斷殺戮的身影，本來偶爾會出口諷刺的亞特留斯之劍，也逐漸沉默。

一百八十層……一百八十六層……一百八十八層！

在斬掉一百八十八層把守關卡的煉獄魔頭領後，少年踏入了一百八十九層。

身體無時無刻都在燒灼扭曲，付出了註定會消亡、連靈魂都無法安息的代價後，少年終於再次來到了這裡。

亡靈祭司群在少年踏入一百八十九層的瞬間，就發現了他，紛紛移動他們緩慢的腳步，用只有骨頭的手指鎖定了少年，準備施法。

少年不理那些亡靈祭司，而是舉起大劍在地上一斬，借力跳上了半空中。

「……」

來到半空中後，他的視野變得很廣。

但是，他沒有看見莓洛兒。

在充滿邪氣的亡靈祭司的領地，像太陽一樣耀眼的莓洛兒，應該非常顯眼才對。

「……」少年落地，「……會不會莓洛兒自己想辦法逃掉了？」

一邊思考著各式可能性，他揮動亞特留斯之劍，順手清除圍困過來的亡靈祭司。

曾經在少年眼裡無比強大的亡靈祭司群，現在卻是大劍一揮就倒下一大群，就像農夫收割稻子那樣容易。

因為敵人實在太弱，所以少年有點心不在焉。

「是呢……蒨洛兒這麼厲害……她怎麼可能會輸給這種臭幽靈！

「想必，她現在一定在某個地方找我……或是乾脆回到了精靈的領地，像以前那樣坐在湖邊，開開心心地唱著……」

唱著。

唱著……

唱著——

少年原本轉到這裡的思緒，忽然凝結。

因為他看見遠方有一隻亡靈祭司，跟同伴們完全不一樣。

那隻亡靈祭司，即使在群體裡，也是特別強大的存在。

如果再過一陣子，經過時間的培養，想必這隻亡靈祭司……會成為王者般的存在吧。

然而，他與同伴們的相異之處，卻不在於他有多強。

而是……比起其他只有骨頭的亡靈祭司，這隻特殊的亡靈祭司，有還未腐爛的肉體。

「……」

受到亞特留斯之劍的劍風帶動，那隻亡靈祭司由幽暗魔力所形成的斗篷被掀起，少年看清了她的臉孔……

彷彿神賜一般的精巧五官。

白皙無瑕的膚色。

即使已經死去，仍舊帶著柔和感的眼眸。

亡靈祭司是由生前擁有強大魔力的活體轉化而成，被困在地下城生生世世無法逃脫，在某種規則的運轉下，一生被迫守衛著地下城。

少年想起亡靈祭司的由來。

在這一瞬間，世界彷彿暫停了。

「莓……莓洛兒……」

喚出對方名字後，少年的表情逐漸扭曲，身上紫黑色的魔火不斷增強、增強、增強……整個人看起來就像是被包圍在漫天大火裡的一顆種子——而這顆已經具備「大英雄」實力的種子，從那絕望中破殼而出後，將會對世界造成驚人的影響。

「呃……咯……呃……咯……」

少年的喉嚨發出奇怪的響聲，最後……面對無法接受的現實，他抱著頭崩潰了。

「呃啊啊啊啊啊啊啊啊啊——!!不可能！絕對不可能!!

「莓洛兒怎麼會死，怎麼會變成亡靈祭司!!不對……這不對勁！

「對了……莓洛兒一定沒死，眼前只是亡靈祭司變出來的幻象？對吧？對吧！」

像是想催眠自己一樣，以作夢般的語氣，少年不斷重複著相同的話語。

然而，即使夢境再怎麼美好，畢竟是縹緲虛幻的事物，遲早會破滅……並醒轉。

醒轉後……等待著所有人的，將是更加殘酷的現實。

「呃啊啊啊啊啊啊啊啊——!!」得知真相的少年發狂了。

他踉蹌地逃離了一百八十九層，彷彿遠離這一層，就能暫時逃避恐怖的現實似的。

他無意中踏入了一百九十層。

揮動亞特留斯大劍亂砍亂殺，一百九十層的魔物依舊被輕易解決。

這一層的地形對於少年來說完全陌生，少年被忽然噴發的冰泉擊中，雖然沒有受傷，但腦袋有了短暫的清醒。

他的腦海中，閃過一個訊息。

「據說……地下城的最深處……三百三十三層……那裡有『神靈的力量碎片』……獲得這個碎片的人，可以許一個願望。

「願望……願望……願望……沒有神靈做不到的事，如果得到這個願望，或許我可以使莓洛兒復活……」

三百三十三層！神靈的力量碎片！

扛著冒火的大劍，少年的眼神熾熱得像要噴出火來。

接著他開始疾奔——

一路跑，一路打。一路打，一路殺。

擁有「大英雄」級別實力的少年，殺起普通魔物……就像人類殺死螞蟻那樣容易。

遇到地形比較脆弱的樓層，他乾脆就直接用亞特留斯大劍擊穿地面，讓自己掉落到下一層去。

沿途留下一排燃燒中的腳印，少年深入了地下城。

但是，在第三百三十二層，他碰見了九頭幽冥魔龍。

九頭幽冥魔龍是地下城最深處的魔物，也是魔物裡的巔峰王者。如果以同樣概念來換算，牠就相當於精靈族的「精靈王」，又或是人類世界的「大英雄」。

少年與九頭幽冥魔龍進行了三天三夜的激戰，由於雙方的破壞力太過強大，導致地面不斷產生劇烈地震，有些樓層就此崩塌，地下城從此剩下了兩百零三層。

最後，少年艱難地將九頭幽冥魔龍斬於劍下。

「……」

拖著一身嚴重的傷勢，少年踏入了原本的三百三十三層，現在的兩百零三層。

這一層很小。

只有人類世界的房間大小。

在那房間的正中央，有一個小小的祭壇。祭壇的頂端……有一塊拳頭大小的發光金色碎片。

少年激動地跑上前去，抓住了那碎片。

「人類啊……許下你的願望，吾會替你實現……」

耳邊響起了威嚴的話語，這大概是神的聲音吧。

緊握著碎片，少年將自己的願望高喊出聲：「我、我希望讓莓洛兒復活！」

神靈碎片緘默了片刻。

「做不到。」

一聽到對方的回答，少年情緒頓時失控。

「為什麼做不到!!!!你不是神嗎!!」

神靈碎片如此回答：「你提出願望的時間太晚了。她剛死亡時，吾還可以達成你的願望，但是現在，她已經歸幽冥死界所掌管。」

「……」少年先是憤怒，接著感到了深深的絕望。那是無法獲得任何救贖……就像被困在黑暗中，不論往哪邊前進，都無法看見一線曙光的絕望。

「哈哈哈哈……哈哈哈哈哈哈哈哈……」

最終……少年按著臉，悽慘地笑了。

那笑聲響徹了整座地下城，傳至外面的世界，讓所有聽到的人感到心情壓抑。

一邊笑，失去了任何目標的少年……無意識地漫步而行。

走著，走著。

走著，走著……他回到了原本的一百八十九層。

莓洛兒變成的亡靈祭司依舊在那，靜靜地向少年看來。

然後，他像其他的夥伴那樣，向少年施放攻擊法術。

少年沒有防禦，他頂著雨點般的法術，慢慢朝莓洛兒走去……走去。

——直到站在了莓洛兒的面前。

亡靈祭司莓洛兒遲疑片刻，伸出手掌朝少年的胸口插去。在這一剎那，少年胸口處的魔性之火散開來了，頓時被莓洛兒的手掌貫穿。

少年忍著疼痛，將莓洛兒擁入了懷中。

「……還記得我們共同的願望嗎？

「希望這世上所有的種族都可以和平共處，不再互相爭鬥、彼此殘殺……」

他的語氣很溫柔。

溫柔的語氣勾起了回憶，恍惚間，兩人彷彿又回到了森林裡，那個清澈的小湖邊——

「我希望這世上所有的種族都可以和平共處，不再互相爭鬥、彼此殘殺！如果得到了『神靈的力量碎片』，我一定會許這個願望！」

當初在湖邊遇見莓洛兒的時候，少年這麼對她說。

一頭美麗銀髮的莓洛兒是嬌小的蘿莉體型，頭頂只比少年的胸口再高一點。

當時她眨了眨帶著天真的大眼睛，以嬌嫩的聲音如此詢問：「所有種族和平共處……？裡面也包括精靈族嗎？」

「嗯！」

少年鬆開了原本一直緊握的掌心，神靈的力量碎片依舊靜靜躺在那裡。

「神啊，這就是我們的願望。」他輕輕對著碎片說。

「……如你所願。」

威嚴的聲音中，神靈的力量碎片化為一圈圈金黃色的漣漪不斷擴散出去……穿透了地下城……遠遠散播，最後覆蓋了整個世界。

在那金黃色的力量漣漪中，少年露出微笑。

他身上的魔性之火，這時終於徹底失控，蔓延到莓洛兒的身上。

而重傷的少年……他原本就不是亞特留斯之劍真正的宿主，這時已經沒有力氣繼續抵禦魔性之火的侵蝕，身體逐漸被燒毀。

在那黑炎的燃燒中，少年與莓洛兒緊緊相擁，生者與亡者，一起迎來真正意義上的消逝。

接著，像是要替這對男女造出墳墓般，飽經摧殘的地下城徹底崩塌，所有道路被全然封死。

「……人類小子，你害我以後都要被壓在這種奇怪的地方了，不知道幾個一萬年

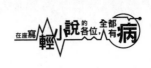

後，才能等到下一個『大英雄』。」

亞特留斯之劍雖然在抱怨，卻沒有真的生氣的感覺。它只是默默注視著逐漸被燒成灰燼、骨灰被合葬在一起的少年與莓洛兒，然後如此心想：

「果然嗎……對於那個少女而言，你就是全天下最厲害的英雄。」

緣起緣滅，歷史的齒輪仍不停運轉。

在許多年後的某天，一個晴朗的下午，某座森林裡的某座湖泊旁，那裡有一塊草坪，許多幼小的身影聚集其上，專心聽著故事。

在講故事的是一名二十幾歲的人類青年，而他的小小聽眾們，竟然包含了獸人、精靈、人類、矮人、地精等各式種族。這些幼兒們相處融洽，時常一起玩耍，彼此之間的感情非常好。

人類青年的故事似乎進入了尾聲：「傳說中……三千年前……末代『大英雄』闖入了恐怖的地下城，得到神靈的力量碎片，許下讓所有種族都能和平共處的願望，才有了現在祥和的世界。」

故事完結後，小小聽眾們掀起了一陣驚呼。

「欸——!?這是真的嗎？以前大家不能這樣相處嗎？」

「咦……以前有地下城那種好玩的地方嗎……好可惜哦。」
「笨蛋！故事裡不是都說了那裡很恐怖嗎！」
小聽眾們在討論時，還不忘彼此吐槽。
人類青年微笑，在做出總結後，他離開了湖泊，返回自己的村落。
而他的小小聽眾們，也在慢慢散去。
在那眾多的小聽眾裡，有一個人類小男孩跟一個精靈小女孩，他們因為居住的地方很近，所以常常一起走回家。
「喝——呀!!」人類小男孩拿著一根樹枝假裝寶劍，朝著空氣揮舞。
「……？」精靈小女孩盯著小男孩的背影看。
「嘿、嘿嘿！被妳發現了嗎！其實我最近跟村裡的大人們學了點劍術喔！」
小男孩用食指在鼻子下方揉著，他明明是故意要表現給小女孩看的，卻又裝作不小心被發現的樣子。
「喝！」為了展現更多實力，小男孩跳了起來，一下子劈斷了一根手指粗細的棕樹幼苗，得意洋洋，「怎麼樣，我很厲害吧！」
精靈小女孩歪歪頭。
她一伸手，憑空召喚了大團火球；一勾手指，天空產生了水龍；一念咒語，附近有幾棵樹頓時活了過來。
「——!!」人類小男孩嚇了一跳，但他還是選擇逞強。

「嘛，妳這實力也就勉勉強強吧，好好跟著我學習，注視我的背影，妳就會變得更厲害喔！」

將雙手枕在腦後，冒著冷汗的小男孩一邊走，一邊如此說道。

……

沒有半絲光線的地底中，亞特留斯大劍在亂石中靜靜躺著。

在小男孩對精靈小女孩炫耀劍技的那一刻，它劍身上的火焰似乎閃爍了一下，發出複雜的慼嘆聲。

《亞特留斯之劍　完》

# 第七話　末日棋局的平手少年

我的作品《亞特留斯之劍》已經完成。

過了不久，風鈴跟沁芷柔的作品似乎也完成了。

因為規定不能互相溝通，我們向棋聖看去。

……棋聖不知道什麼時候也寫完了作品。

於是，比賽進入了第二階段。

《亞特留斯之劍》被截出五萬字，交給了棋聖，我則是拿到了棋聖寫的輕小說——《這所棋院大有問題！》的前五萬字。

我開始閱讀棋聖的輕小說。《這所棋院大有問題！》是在敘述一名喜歡圍棋的少年，為了成為職業棋士，進入圍棋院所學習的故事。

圍棋院所裡有許多也想成為職業棋士的美少女，剛開始主角因為棋力低弱被許多人看不起，但在一連串的事件發生後，那些美少女逐漸與主角產生邂逅，在打打鬧鬧中，大家一起邁向職業棋士之路。

「……」

棋聖當初曾經是B高中的領袖，寫輕小說的能力果然比小秀策還要強。

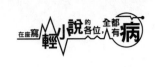

即使我與棋聖敵對，仍不得不承認——這部輕小說很優秀，也很有趣。

仔細看完五萬字的《這所棋院大有問題！》之後，我一時間有些茫然。這部輕小說裡面的人物個性都非常獨特，美少女每個都是怪人，行為模式有點難以推理。

經歷了一番思考，我終於開始動筆，接續棋聖的輕小說。

時間就這樣不斷流逝。

順利完成《這所棋院大有問題！》的下半段後，我們迎來了比賽的終結。

「各位選手您好，由於所有人都已經完成比賽流程，因此比賽時間提早結束。」

編號〇〇〇三二九七號這麼宣告。

「請稍候……系統正在替所有人的輕小說作品，進行交叉評分比對……」

在這個空間，既不會精神疲乏，也不會覺得飢渴，所以我們才能長時間寫作下去。

但是好不容易完成作品後，接著又必須等待編號〇〇〇三二九七號給出評分，心靈的疲憊感越來越重了。

棋聖張開扇子，朝自己輕搧。

「柳天雲，你的《亞特留斯之劍》……寫得可真不錯，如果是平常的比賽，老朽的《這所棋院大有問題！》可能贏不了你。放任你這樣繼續恢復實力，恐怕再過幾個月，即使進行『輕小說珍瓏之戰』，老朽也不是你的對手吧。

「但是，如果是現在的話……在這個棋手最擅長的領域……老朽就能擊垮你！」

棋聖說完，像之前影像裡看到的那樣，露出陰森的表情開始大笑。

他很得意。

因為算計了我們，所以很得意。

……所謂的寫作者……應該依賴的是自身實力的強大，而非陰謀算計的加成。

不肯正面交鋒，僅貪戀執著於自身有利的主場，即使再怎麼才華橫溢的寫作者……進步的腳步也會緩慢下來吧。

棋聖的寫作天分絕對非常高，但他身為B高中曾經的最強者，會敗給A高中的神祕高手，或許就是這個原因。

「……說完了嗎？」我冷冷注視著棋聖，「如果你花在寫作上的心思，跟用來算計別人的心思一樣多的話，肯定會變得更加厲害。

「——然而，你捨棄正常的方法，投機取巧，不惜一切代價也要獲得勝利……這已經偏離了本心之道。

「即使這次敗給了你，你的『投機取巧』之道，終究會被我的『本心之道』給超越……到了那時候，棋聖，你將會再也沒有道路可走，陷入崩潰的絕境，就像被吊在懸崖上的可憐蟲那樣，隨時有摔得粉身碎骨的可能性。」

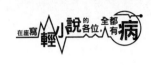

棋聖跟當年犯錯的我……有點相似，都是為了獲得勝利而付出一切。

但現在的我醒悟了，棋聖卻在那條錯誤的路上越陷越深，嘗到勝利的滋味後無法自拔。

風鈴跟沁芷柔在旁邊靜靜聽著，面對決戰的凝重氣氛，她們一直很安靜。

棋聖瞇起眼睛，露出冷笑。

雙方對峙一陣子後，編號〇〇〇三二九七號終於完成了評分。

然而。

然而……

評判的結果，卻超乎C高中所有人的意料。

編號〇〇〇三二九七號的合成音響遍了整個空間。

「本次評分，單項成績滿分為一百分。雙方各自撰寫的輕小說將會被拿出比較，最後再加總雙方得分，也就是說……滿分為兩百分。」

這時忽然有一道藍色的光束打在沁芷柔身上，就像在進行頒獎那樣。

「首先宣布C高中沁芷柔選手所創作的作品——《無口貓娘也想談戀愛》！」

「沁芷柔選手所寫的《無口貓娘也想談戀愛》獲得分數為『八十八分』！棋聖選手所揣摩的《無口貓娘也想談戀愛》……獲得分數為『八十九分』！」

「！」

在沁芷柔寫的這個輕小說裡，棋聖靠著推理寫出來的下半部分，竟然比原作者還高一分。

「接著公布棋聖選手所寫的《這所棋院大有問題！》。棋聖選手獲得分數為『九十分』！沁芷柔選手接續的《這所棋院大有問題！》，獲得分數為『八十三分』！」

「……」我在腦海裡迅速進行加總。

棋聖的總分是八十九加九十，也就是一百七十九分。

沁芷柔的總分是八十八加八十三，也就是……一百七十一分。

整整八分的差距。

棋聖知道自己贏過沁芷柔後，大笑出聲。

「哼哼哼……哈哈哈哈哈……一群愚蠢的庸俗之人，你們就算是C高中這種低位學校的王者，在老朽面前……在A高中面前，也不會有半點勝算。」

他慢慢收住了笑。

「老朽自從知道《輕小說珍瓏之戰》這個比賽項目後，下了無數苦工去練習。就算對於嫻熟圍棋的老朽來說，也足足花了好幾個月才掌握訣竅。

「這種比賽模式，真的很難。像妳這種看起來胸大無腦的女人……竟然這麼厲害，自己寫的作品能拿到八十八分，總分也只差老朽八分，其實已經嚇了老朽一跳。」

被用「胸大無腦」形容的沁芷柔，像是要吃人一樣，狠狠瞪了棋聖一眼。

在這時候，編號〇〇〇三二九七號又開始說話，打斷了棋聖的傲慢發言。

「首先宣布C高中風鈴選手所創作的作品——《這樣子的風紀委員不合格唷》！」

「風鈴選手所寫的《這樣子的風紀委員不合格唷》獲得分數為『九十分』！棋聖選手所揣摩的《這樣子的風紀委員不合格唷》……獲得分數為『九十分』！」

「！」

風鈴在這部分跟棋聖平手。

「接著公布棋聖選手所寫的《這所棋院大有問題！》。棋聖選手獲得分數為『九十分』！風鈴選手接續的《這所棋院大有問題！》，獲得分數為『八十六分』。」

棋聖的總分是九十加九十分，也就是一百八十分。

風鈴的總分是九十分加八十六，也就是……一百七十六分。

……風鈴輸給棋聖四分。

棋聖雙手收進狩衣寬大的袖內，贏過兩名C高中選手的他，再次露出冷笑。

「明白了嗎？這就是老朽……與你們的差距。

「不覺得奇怪嗎？老朽獨自與你們三人戰鬥，老朽只要輸給一個人，A高中的排名就會下滑……身為棋士，善於計算的老朽，怎麼會答應這種不利的條件？

「——答案很簡單。既然會答應……那當然就代表了，在《輕小說珍瓏之戰》裡，老朽有絕對的自信獲勝。

「看你們的得分情況，老朽就能明白……C高中平日只著重在普通的寫作方法吧？所以你們無法預測其他作品的伏筆。」

棋聖故作感慨地搖搖頭，「坦白說，你們的實力比老朽想像中還要強大，那個紫髮雙馬尾的少女寫的《這樣子的風紀委員不合格唷》，竟然跟老朽寫的《這所棋院大有問題！》同樣是九十分……如果進行普通的比賽，說不定你們真的有勝算。

「但是，老朽在《輕小說珍瓏之戰》這個項目練習了超過五百小時……如果是在這裡的話，在我棋聖最強大的領域……老朽絕不會敗!!」

棋聖的嘴角露出殘酷的笑意。

——那是獵人的笑法。

——而我們……沒有任何防備的C高中，是早已踏入陷阱的獵物。

「……」情況比想像中的還要糟糕。

只剩下我的分數還沒宣布，C高中已經沒有退路了。

「……」

不知道是刻意留下空白製造決戰氣氛，還是系統需要時間讀取資料，編號〇〇〇三二九七號在這裡停頓了一下子，形成可怕的沉默。

如果我敗給棋聖的話……「詛咒草人」就會生效，C高中每天會被石化十個人，直到在六校排行戰裡，C高中戰勝A高中為止。

每天石化十個人，那是令人相當恐懼的數字。

沒有人知道……遭受石化會不會有後遺症。

而且隨著時間流逝，一個月就會有三百名學生被石化，這已經不是單純的帳面數據遞增，每一個數字增加都將負荷著人命的沉重。

「……Bug已修復。」

編號○○○三二九七號終於開口。

「由於Y高中的參賽選手以及A高中的參賽選手，都曾經於『輕小說珍瓏』之戰中強行獲得突破得分上限的總分，讀取比對時暫時造成了系統故障，現在已經排除Bug，請各位選手見諒。」

……Y高中的選手強行突破了得分上限總分？

又是怪物君那傢伙嗎……

……不過，編號○○○三二九七號提及的「A高中的選手也曾突破得分上限」這一點，讓我非常在意。

因為從棋聖之前獲得的分數來看，他雖然非常厲害，但顯然沒有突破系統評分的寫作能力。

這麼說的話……難道A高中裡……也潛藏著超越想像的輕小說高手？

剛想到這裡，編號○○○三二九七號的合成音打斷了我的思考。

「接著宣布C高中柳天雲選手所創作的作品——《亞特留斯之劍》！」

「柳天雲選手所寫的《亞特留斯之劍》獲得分數為『九十分』！棋聖選手所揣摩的《亞特留斯之劍》……獲得分數為『九十分』！」

「——！」我跟風鈴一樣，在這部分跟棋聖平手。

「接著公布棋聖選手所寫的《這所棋院大有問題！》。棋聖選手獲得分數為『九十分』！柳天雲選手接續的《這所棋院大有問題！》……」

只剩我的成績還沒公布了，編號〇〇〇三二九七號再次停頓。

它接下來公布的成績，將會對A、C兩所高中的學生，造成巨大的影響。

如果我得到九十一分或更高的分數，就可以戰勝棋聖，讓C高中的排名晉升為第二名。

要贏！必須贏！

一定要拿到九十一分以上！

我已經盡了現階段所有的努力，去揣摩棋聖的《這所棋院大有問題！》，故事的起承轉合與伏筆都有仔細體會顧及，絕對不會犯下重大失誤。

所以說，我……

這一瞬間，時間彷彿凝固了。

整個光亮空間裡，我、風鈴、沁芷柔、棋聖，兩所學校共四個人，全部都迫切地等待著編號〇〇〇三二九七號把接下來的話說完，緊張到失去了所有表情。

在恍若變得緩慢的體感中，編號〇〇〇三二九七號一字一字慢慢道——

「柳天雲選手接續的《這所棋院大有問題！》，獲得的分數為……」

「九十分。」

九十分……

九十分……九十分……九十分……

九十分……九十分……九十分……九十分……九十分……

編號〇〇〇三二九七號最後說出的三個字，在我耳邊不斷迴響。

這個空間裡明明非常光亮，我卻感覺眼前瞬間變得一片漆黑。

「怎麼會……前輩竟然……」風鈴掩住小小的嘴巴，說話時全身都在顫抖。

「……」沁芷柔呆呆站在原地，望著地板，臉色非常蒼白。

「騙人……騙人的吧……我們跟A高中平手……這樣的話……『詛咒草人』……」

驚訝、悔恨、失望、恐懼、不安等情緒，彷彿在這一刻化為一張大網，將我、風鈴、沁芷柔三人牢牢網住，讓我們無法逃避現實，被迫去正視眼前的真相。

「……」棋聖露出鬆一口氣的模樣，擦去額頭上的冷汗，接著對我們大笑：「柳天雲，老朽的分數加總是一百八十分，跟你一樣！」

「也就是說……這一次的六校月排行戰，你們無法贏過A高中晉升排名!!

「但是，你們可別忘了，要解除『詛咒草人』的效果，條件是要擊敗A高中。這也意味著──『詛咒草人』將在這次比賽結束後，立刻開始發動！呵呵……哈哈哈哈哈……哈哈哈哈哈……」

棋聖陰森的笑聲，讓圍困我們的大網越收越緊。

……

……

我們明明已經努力過了……

明明已經盡了全力……卻還是無法贏過敵人……

我看見風鈴跟沁芷柔露出絕望的表情。

棋聖用扇子朝自己肩膀敲了敲，在大笑過後，繼續道：

「柳天雲……老朽不得不承認，你確實可怕。

「在一個月前，你跟老朽的徒弟小秀策對決時，只是贏了他一點點……要知道，小秀策完全不是老朽的對手，如果進行同樣的『輕小說珍瓏之戰』，老朽至少能贏他十分以上。

「老朽已經謹慎評估過你的實力，卻沒想到……只是經過一個月，你就有跟老朽打成平手的實力。

「你的覺醒速度太快了，快到令人恐懼。繼續讓你這樣覺醒下去……等到下個月，老朽可能就不會是你的對手，下下個月之後……將會像當年一樣，被你徹底碾壓。」

棋聖笑得露出森白的牙齒。

「然而……現在的你還不夠強。

「因為不夠強……就像圍棋裡趁對方的走勢還沒完成前，就先破勢那樣……老朽只要擊垮現在的你，也就不用擔心未來了。」

棋聖振振衣袖。

「哈哈哈哈……回去後，好好品嘗『詛咒草人』帶來的恐懼吧……在那生死攸關的恐懼當中，老朽相信，沒有人可以靜下心來，讓寫作實力繼續進步。」

棋聖說到這裡，蔑視地朝我們一笑，接著轉身，朝出口走去。

「別怪老朽用了手段，在自己擅長的領域……戰勝實力相近的你們。一個真正的棋士，本來就會善用局勢圍困對手，將敵人的生路徹底封死。」

棋聖在說話時，沒有回頭，只留下寬大的狩衣迎風飄盪的背影。

他逐漸遠去。

「C高中的宿敵唷，再見了……」

一邊走，他張開了上面繪有水墨畫的扇子。

**「這一局——是老朽贏了!!」**

第八話

# 到您登場囉！幻櫻大人

返回C高中後，滿懷期盼的其餘學生，全都待在廣場迎接我們。

我們剛邁下宇宙船，就聽見了眾人興高采烈的交談聲。

「……肯定是贏了吧？」

「那還用說！有風鈴大人跟沁芷柔大人在，A高中也不算什麼啦！」

「沒錯沒錯！」

在那無數熱烈視線的注視下，我們艱難地踏下宇宙船。

許多女學生湧了過來，將沁芷柔跟風鈴團團包圍。

一名像是親衛隊隊長的女生雙手合十，興奮地道：「沁芷柔大人！您辛苦了！」面對她的慰勞，沁芷柔全身僵硬，發出了「啊、啊啊」的含糊聲音後，慌慌張張地轉過頭去。

「風鈴大人，您也辛苦了！」夜藍跟朝露也擠了過來。

風鈴露出情緒低落的樣子，一時說不出話。

眾人堅信我們會勝利的決心，與那一波又一波的恭賀，如同鐵鎚般不斷敲擊在我們的心臟上，讓我們感到呼吸無比困難。

最終……桓紫音老師發覺到怪人社成員的異樣。

她走了過來，沉靜地問：「……怎麼了？」

面對熟悉的人的問話，風鈴跟沁芷柔都低下了頭。

「……」桓紫音老師將目光轉向我，表示詢問。

「我……我們……」

開口的壓力實在太過沉重，這是我一生當中，說過最吃力的一句話。

「對不起……我們……沒有戰勝A高中……」

「……」

聽到我說的話，所有人的笑臉都凝結了，原本快樂喧鬧的C高中，瞬間安靜下來。

就像有些炸彈啟動前會凝縮蓄力一樣。

緊接著……寧靜的廣場上，瞬間爆發出比之前還要強烈一百倍的巨大聲浪。

「不、不可能！風鈴大人跟沁芷柔大人都出戰了，竟然沒辦法贏過A高中!?」

「就是啊！肯定有什麼地方搞錯了！」

「等……等一下……如果沒有贏過A高中，不就是說……那個『詛咒草人』什麼的準備生效了嗎!?」

「這不是真的……絕對不是真的！吶、吶？大家仔細想想，這不是很奇怪嗎？風鈴大人跟沁芷柔大人怎麼可能會輸！」

懷疑。

無法置信。

然後是逃避現實。

就像長年躲在家裡不肯外出工作的尼特一樣，面臨巨大的困境時，用棉被把自己的頭給蓋住，那是暫時隔絕現實最好的辦法。

C高中的所有學生，現在也是相同的情況，他們藉著不斷的質疑，彷彿想以「確認一百次後答案就會變化的魔術」扭轉事實，然而……越是沉迷於虛幻的假象，當醒轉時痛楚也會越深。

「……」

我、風鈴、沁芷柔都站在桓紫音老師的面前，桓紫音老師的赤紅之瞳中閃爍著紅光，似乎已經在考慮往後的日子要怎麼過。

在這時候，曾經跟我同班的輕浮金髮男從人群裡跑了出來，站到一個比較高的地方，開始大聲說話。

「喂喂喂喂……大家聽我說，這不是很奇怪嗎？」

以相當刺耳的腔調，金髮男朝所有人攤開了手。

「相信大家也跟我想得一樣，風鈴大人跟沁芷柔大人怎麼可能會輸，對吧？」

輕浮金髮男朝我看來，露出帶著惡意的微笑。

「不過，如果仔細思考的話，答案其實很明顯了——一定是柳天雲扯了兩位大人的後腿吧？想也知道這傢伙沒什麼實力，就像我之前說過的，他只是運氣好，會耍一點小心機，才加入了怪人社裡、得到桓紫音老師的寵愛而已。」

他的跟班也跟著擠出人群，跑出來像應聲蟲一樣附和：「對呢、對呢！」

得到跟班支持的輕浮金髮男，得意的嘴臉更顯得刺眼了。

「——所以說，這根本不是風鈴大人跟沁芷柔大人的問題，一切都是沒有任何作用、卻又厚著臉皮代表C高中出戰的……柳天雲的罪孽！」

輕浮金髮男對我做出嚴厲的指責。

「如果換一個人……例如校排名第四的人去的話，一定可以替風鈴大人她們分擔一些壓力吧。這樣子的話，說不定現在A高中就被我們打敗了！」

跟班將手臂環在胸前，像政客花錢請來的臺下聽眾一樣，連連點頭同意，還出聲讚許：「說得好、說得好！」

「……」

金髮輕浮男與跟班的話術搭配生效了。

原先深信風鈴跟沁芷柔會帶回勝利……聽到我們沒有獲勝的消息而無法接受的那些人們，像是找到一個情緒的宣洩點那樣，露出了「原來如此啊……」的表情。

我聽見有些人開始喃喃自語。

「對啊……柳天雲那傢伙應該沒什麼實力吧……」

「嗯，畢竟他以前的學科成績那麼差，寫作怎麼可能很厲害……」

「說穿了，那傢伙也就是仗著待在怪人社裡，沾著沁芷柔大人跟風鈴大人的光而已……」

也有些人在低聲談論我。

「……我想起來了，聽說柳天雲小時候確實參加過不少寫作比賽，但是後來封筆了呢……」

「咦——!?封筆了?那不就是放棄了寫作嗎?」

「真、真的假的?我們竟然讓一個曾經放棄過寫作的人，來代替我們C高中出戰——?」

所有人的目光，此刻都聚焦在我身上。

那一雙雙滿含輕視、敵意、憤怒、惡意的目光，如果有殺傷力的話，我早已被刺得滿身是傷。

……果然嗎?這就是人啊。

人性。

更傾向於相信自己願意相信的解釋，將罪惡歸咎於「群眾認為該死」的對象上，在獲得一個大家都能認同的理由後……心安理得地躺下安眠的人性。

我沉默了。

我本來就不擅長面對大眾。「對著所有人展開辯解」這種事，更是習慣於獨自一人的獨行俠……所不具備的能力。

或許，被群眾擅自的認知所汙衊，在很久很久以前，就註定是獨行俠必須承擔的原罪。

所以我也只能沉默。

金髮輕浮男與跟班，似乎認為已經達到預想中的效果，於是繼續開口說了下去。

「呵呵……大家還記得我之前的提議嗎？A高中那些人反正是衝著柳天雲來的嘛，我們不如把柳天雲交出去，說不定就可以得到他們的原諒了。

「這樣子的話，讓A高中的敵人感受我們的誠意，說不定就會改變心意，收回那個『詛咒草人』了呢——大家說對不對？」

這時候，桓紫音老師表情凝重地朝他們走去。

但是還沒等桓紫音老師有所表示，忽然有一道嬌小的身影擋在我的面前。

「不、不是這樣的！」那是風鈴。

風鈴像是要替我擋下所有惡意的言語那樣，張開雙手站在我的面前，面對C高中的所有學生。

「前輩他……前輩他……比任何人都還要努力、比任何人都還要想獲勝，也比任何人付出都還要多！」

明明全身都在發抖，罹患人群恐懼症的風鈴，光是要面對群眾就要竭盡全力。

她甚至連說話都帶著明顯的抖音。

但是，即使如此，風鈴依舊站在我的面前……一步不移，半點不讓，阻止了本該由我承受的風浪。

「沒、沒辦法贏過A高中，這不是前輩一個人的錯！風鈴認為絕對不是！」拚命將想說的話說出來後，風鈴好不容易擠出的勇氣似乎快要用盡，她開始有點腿軟，導致腳步不穩。

站在她身後的我，趕緊扶住風鈴右邊的肩膀。然而，風鈴左邊的肩膀也由另一個人伸手撐住了。

「啊啊……真狡猾呢，你們這些人。」

沁芷柔站在風鈴的左邊，以充滿殺傷力的語氣，開口說：「將責任都推給別人，認為這樣就能置身事外，本小姐最討厭這種人了。」

「……」

面對心目中的女神，C高中的群眾開始退縮了。

那些原本怨恨地瞪著我的人，將表面上的仇恨慢慢藏了起來，改為躲到遠處竊竊私語。

最後颯爽登場的是桓紫音老師。她一隻手一個，揪住了金髮輕浮男與跟班的領口，以散發強烈紅光的眼睛向他們瞪視。

「要知道，否定吾辛苦教出來的學生，也就等於否定吾——汝等是在質疑吾嗎？啊？」

到現在，我依舊清楚記得……第一次見面時，桓紫音老師為了震懾所有人，把人當成椅子來擱腳的事情。

這個平常看起來中二病破表的教師，生氣起來絕對是怪人社裡最可怕的那個。

「咿——!?」金髮輕浮男與跟班被桓紫音老師一嚇，馬上露出快哭出來的表情。

「……聽好了，敢再犯一次，吾就會讓汝等嘗到原本一輩子也沒辦法嘗到的快樂滋味……聽懂了嗎？」

「……」金髮輕浮男與跟班拚命用力點頭。

在桓紫音老師的強力救援下，場面總算暫時穩定下來。

然而……也只是暫時。

肯定有許多人將仇恨深深埋藏在心裡，一找到機會，就會利用這件事掀起話題。

此時，月亮高掛半空中，夜已經深了，學生們開始散去。

「……回去睡覺吧。」

「嗯，我們站在這裡也好久了，竟然會等到輸掉的消息……真掃興。」

於是，漫長的決戰之夜結束了。

但這個結束，卻是另一個辛苦的開始。

……因為等著我們的，將是受到「詛咒草人」影響的艱苦明日。

隔天醒來後，大家發現教學大樓廣場的正中央，多出一個帶著詭異笑臉的紅色稻草人。

那紅色稻草人沒有眼睛、鼻子，只有勾起潦草弧度的一張嘴巴。嘴巴部位的紅色比身體的顏色更深，看起來就像塗滿了暗紅色的鮮血。

……詛咒草人。

在這天的日落時刻，詛咒草人的嘴巴張開了，不斷發出可怕的笑聲，持續了一分鐘，最後甚至唱出打油詩般的歌曲：

戰敗者的C高中唷～～派出你們的領導者唷～～
俺將會隨便凍結九個人唷～～剩下一個人由你們決定唷～～
在完全日落前決定好人選唷～～否則全部的人都會遭遇不幸唷～～
嘻嘻嘻哈哈哈看人類煩惱真有趣唷～～

唱出了這樣的打油詩，像是要吞食人類那樣，詛咒草人的血盆大口一張一合，不斷發出恐怖的笑聲。

看太陽的高度與顏色，離完全日落大概還有十分鐘的時間。

今天一天都待在廣場旁邊待命的桓紫音老師，默默走了出來，站到「詛咒草人」的面前。

她的身後，跟著一個看起來很緊張的普通班男學生。

桓紫音老師閉起眼睛，深深吸了一口氣。

接著，她不帶任何迷惘地向所有旁觀學生大聲喊話：

「吾身後這位是……一年D班的小松同學，他自願成為今天被指定石化的學生。

「吾……必須對他致以誠摯的感激，謝謝您。」

桓紫音老師朝小松同學深深一鞠躬，並使用罕見的敬語。

小松同學搔了搔臉，露出有點不好意思的表情。

「那個……我不會寫輕小說，一直沒辦法替大家提供幫助，反正詛、詛咒草人……」

當「詛咒草人」這四個字被提到時，詛咒草人原本空白的眼睛部位，忽然憑空浮現了兩顆充滿血色的眼睛，看向小松同學。

幸好小松同學沒有發現這件事，繼續說了下去：「……反正詛、詛咒草人的規則我仔細研究過，只要大家齊心協力打敗A高中，我就可以恢復原狀了。所以我想盡自己的所有力量，用我也能辦到的方式幫助大家。」

桓紫音老師再三對小松同學表示謝意。

最後，在太陽完全落下前，桓紫音老師沉重地選擇了小松同學，成為今天的指定石化者。

「……」

日落了。

大地上的溫度，正在漸漸被黑夜所帶走。

而小松同學……已經化為冰冷的石雕。

朝著那石雕，我、風鈴、幻櫻、雛雪、沁芷柔，所有的怪人社成員都到齊了，對他深深一鞠躬，與桓紫音老師一起致上自己的感謝之意。

就這樣，每天有九個隨機石化者，加上一個指定石化者，C高中每天都會增加十個新的石雕。

從小松同學被石化的第二天開始，在許多普通學生之間，開始流傳一句口號。

「交出柳天雲，拯救C高中！」

「交出柳天雲，拯救C高中！」

「交出柳天雲，拯救C高中！」

許多普通學生在經過菁英班時，都會刻意提高音量讓我聽見這句話。

即使是對我的寫作實力有模糊認知的其他菁英班學生，在那股風潮下，看向我的時候，表情也變得有些奇怪。

……

第二天過去了。

第三天過去了。

第四天、第五天、第六天也過去了。

在瘋狂的寫作修煉中，我們度過了六天。

六天……也代表著六十個學生被石化。

並且，在後面幾天裡，已經沒有自願被石化的學生了，都是桓紫音老師頂著輿論的聲浪，承擔了所有批評，忍痛指定幾個學生變成石雕。

我看得出來，桓紫音老師正在變得越來越憔悴。

對於此，我只能擠壓出每一絲時間來練習寫作，這是我對桓紫音老師唯一能做出的報答。

而在怪人社裡修煉時，桓紫音老師也對我們坦承真相：

「吾信任汝等，所以跟汝等明說。老實說，現在的情況非常嚴峻，C高中已經陷入有史以來最大的危機中。

「每天有九個學生會被隨機石化……一個月後，也就是兩百七十個學生會被隨機石化。

「——C高中只有一千四百多人，如果汝等……零點一、乳牛、首席黑暗騎士三人，恰好被包含在那兩百七十人當中的話……C高中就完蛋了，咱們會逐漸失去戰勝A高中的能力，所有人只能一天一天等著被逐漸石化……

「也就是說……那是真正意義上的覆滅。」

頂著有可能會被隨機石化的危險，怪人社的所有社員都在拚命修煉。

但是，我們的努力，盲目的普通學生們看不見。他們認為自己承擔了更多風險，開始大吵大鬧。

終於……在詛咒草人出現的第二十天，由至少五十名男生所組成的反叛軍出現了，輕浮金髮男與跟班也在人群裡。

他們高喊著「交出柳天雲，拯救C高中」，竟然試圖闖入菁英班，打擾我們上課的過程，想藉此引起重視。

「交出柳天雲！快！」金髮輕浮男躲在人群最後面大喊。

菁英班門口，有一對矮小的身影阻擋住五十多名男生。

「……準備好了嗎？朝露。」

「是的，姊姊。我們必須守衛柳天雲大人跟風鈴大人……是也。」

風鈴的首席親衛隊隊長——夜藍跟朝露這對蘿莉雙胞胎姊妹，持竹劍守住了門口，與許多男生對峙，氣氛瞬間變得十分緊張。

最後。

最後……風鈴走了出來。

明明比任何人都還要膽小的風鈴，卻一次又一次為了我而鼓起勇氣，站到最危險的地方。

以顫抖的聲音，風鈴面對那些叛亂軍，很努力很努力地把心中的話語說出。

「大、大家請聽我說！風鈴明白哦……大家感到害怕，所以來到了這裡。」

她的話聲很溫柔，帶著安撫人心的奇異力量。

「……風鈴不會讓前輩受到打擾，但是也不想看著大家獨自承擔……這份害怕。

「如果在月底的前一天，準備再次挑戰A高中前……怪人社其他成員沒有被全部隨機石化的話，風鈴……會自願成為那天被石化的指定人，跟大家承擔相同的痛苦……所以……那、那個……拜託大家了，就這麼離開吧！讓前輩好好修煉，前輩絕對會把希望帶給大家的！」

對我投以近乎盲目的信任，風鈴提出了自願被化為石雕的訴求。

我怔住了。

風鈴這名字的由來……是因為你的名字叫做天雲……天能容風，風能送雲……

身為獨行俠的我，幾乎一輩子也沒有感受過這種溫暖。

……所以，感受到風鈴站出來的身影所蘊藏的深刻涵義後，我幾乎掉下眼淚。

最終，被風鈴的誠意所說服，叛亂軍回歸了一般學生的陣營，慢慢散去。

很可惜。

很可惜……怪人社的運氣，沒辦法一直那麼好。

在「詛咒草人」出現的第二十四天，沁芷柔……被隨機石化了。

保持著動筆寫字的姿勢，沁芷柔直到變成石雕的前一刻，都懷抱對未來的冀望，在拚命練習寫作。

我們把沁芷柔搬到了怪人社裡，在她專屬的位置上擺著。

大家默默看著沁芷柔的石雕時，心裡想要獲勝的念頭就會更加強烈。

二十五天。

二十六天。

二十七天……

在「詛咒草人」出現的第二十七天，桓紫音老師看完我們當天交上去的作業，有些焦躁地開了一個臨時會議。

「吾……還有一件事，必須向汝等說。」

坐在怪人社的教師講桌上，桓紫音老師疊起穿著黑絲襪的長腿。

「當初在晶星人七六四二三四的影像裡……有個被棋聖叫做『飛羽大人』的少年……吾透過赤紅之瞳去觀察，發現一件事。

「──那個『飛羽大人』身上的寫作光芒，比棋聖要強很多很多，吾懷疑他可能就是當初擊敗棋聖的高手。」

桓紫音老師沉默片刻，似乎整理了一番思緒，才繼續說下去。

「……過幾天的六校月排行戰，按照規則，我們必須要贏過A高中……才能解除『詛咒草人』的效果，讓變成石雕的學生復原。」

剛剛在研究輕小說與插畫的雛雪跟風鈴坐在同一張椅子上，認真地聽著桓紫音老師講解。

「說不定這一次，A高中會派出更多高手來應戰。」

「……棋聖就已經很難對付了……就算他輸了，也還有那個『飛羽大人』坐鎮。更何況……吾總覺得A高中還藏有某張強大的底牌。

「老實說，吾認為……咱們這一次戰勝A高中的可能性，不到三成。但是，如果下次的排行戰又輸掉，再承受『詛咒草人』一個月的影響……C高中絕對會崩盤的。

「而且……乳牛她……」

她向變成石雕的沁芷柔看去。

「乳牛她變成雕像的時間如果超過一個月，之後要再跟上輕小說課程的進度……

就很難了……她將無法再成為怪人社的主戰力。對於熱愛輕小說、甚至不惜親自揣摩筆下角色的乳牛來說，恐怕會非常痛苦。」桓紫音老師輕輕說著。

「吾知道……乳牛這傢伙很努力，她常常在怪人社的大家都走了之後，獨自留下來練習……如果要比較怪人社裡，大家的寫作練習時數與認真程度……乳牛不會輸給任何人……

「所以……吾不忍心看見……因為無法跟上課程，而垂頭喪氣的乳牛……」

她說話時的表情很溫柔。

大家都明白，這是平常超級中二病的桓紫音老師，心底流露出的真正溫柔。

接著，她又看向風鈴，「而且……首席黑暗騎士在月底前也會化為石雕，這點她已經答應過大家了……吾無法反悔。」

最後，桓紫音老師看向我。

「零點一，吾知曉汝的才能……非常出眾。

「但是咱們缺乏時間。

「在短短幾天內，汝要贏過棋聖……贏過飛羽，贏過A高中每一位隱藏起來的高手，是非常非常困難的。

「萬一幾天後，在六校月排行戰中，零點一汝也失敗的話，C高中就註定滅亡了。

「吾……汝……雛雪……幻櫻……首席黑暗騎士……乳牛……都會變成石雕，靜

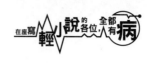

靜地躺在這個海島上，直到永遠。」

我沉默。

就在這時候，怪人社的大門被人拉開了。

幻櫻走了進來。

一直以來，存在感彷彿從怪人社漸漸淡去的幻櫻，正露出讓人摸不清心意的慣常微笑，往桓紫音老師走去。

我眼中的世界，在這一瞬間，不知道為什麼，彷彿像電影慢動作播放那樣，變得非常緩慢。

……幻櫻從我身旁擦過，逐漸離我遠去，邁向桓紫音老師。

在我眼中看來，幻櫻的背影……看起來有種濃厚的哀傷感。

於那一次次的夜晚中，曾經所作過的夢境，一口氣湧到了我的眼前——

夢中的那個「我」發出不滿的嘀咕聲。

「哼，反正妳就是仗著自己聰明耍弄別人罷了，這種欺凌弱者的做法，不是獨行俠認同的風範。」

「咦？聰明是我的錯嗎？」

幻櫻一聽之下笑了起來，雙眼像月牙一樣彎起，靠得離我更近了。

「……但是呢，如果是為了自己喜歡的人，我願意變成笨蛋喔。」

「哼哼……妳剛剛看海鷗的時候，手鬆脫了喔，沒徹底蓋住『國王』。」

「……是哦。」幻櫻臉上似笑非笑的表情卻沒有變淡。

不知道為什麼，看到她那笑容，我有種敗北的挫折感。

「還有！妳忘了事先提出『勝利後的獎勵』，真的太粗心了！」

「……是哦。」幻櫻依舊用同樣的笑容面對我。

我們都不說話了，默默打掃。

一陣子過去，打掃即將結束。

沉默許久的幻櫻在這時忽然環顧了整間教室，最後視線停留在我身上。

她將手放在腰後，微微彎下腰，朝我露出無可挑剔的燦爛笑容。

「嘻嘻，獎勵的話……已經收到了哦。」

在那不斷幻現的夢境中，有短短的一剎那，我產生了錯覺，似乎那位快快樂樂、擁有粉櫻髮色的幻櫻，與眼前這位銀白髮色的幻櫻重疊了。

但在一秒鐘後，那幻象消失了，只剩下銀白髮色的幻櫻。

「……」

出於某種現在的我無法理解的原因……我的胸口忽然感到一陣撕裂般的疼痛，就像幻櫻的腳步，每一步都踩在我的心臟上似的。

最終。

最終……

幻櫻站到了桓紫音老師的面前。

在她停下腳步的同時，我的夢境回憶中，那個粉櫻色幻櫻的身影……竟然在不斷快速遠去，身影不斷變得朦朧……最後，我再也看不見她了。

**彷彿存在感被從世界中徹底抽離一樣，那個喜歡笑、喜歡嬉鬧的幻櫻……徹底歸於虛無。**

然後。

以令人無法懷疑的平淡語氣，幻櫻對桓紫音老師開口道：

「幾天後，請讓我出戰。」

明明是平平淡淡的一句話，幻櫻的話語……卻讓我感到即將失去某種很重要、很重要事物的預感……

以決絕的語氣，幻櫻把最後一句話說出口：

**「……我，可以戰勝A高中。」**

# 後記

大家好，我是甜咖啡。

不瞞大家說，其實從很久很久以前在網路上寫作時開始，咖啡就有個外號，叫做「治癒系作家」。

除了寫有趣的東西之外，將心目中……我所理解的治癒，藉由文字傳遞給大家，這也是咖啡一直以來的理念。

希望我能達到這個目的。為此，咖啡會更加努力寫作，把在構想中有一百分的故事，努力還原到滿分、呈現在各位面前。

相信看過《有病・零》的各位，已經知道晨曦是誰了，接下來的劇情將會更加有趣。（還沒讀過《有病・零》的話，記得要去看哦。）

為了避免捏他，目前不便透露太多……但咖啡可以保證，《在座寫輕小說的各位，全都有病》系列接下來的發展，將會非常有趣。

大家既然已經看到這邊，也可以來談一些以前不方便提及的感想了。

其實《在座有病》系列，咖啡做了一個相當大膽的嘗試。

那就是以小超展開去營造大超展開，然而在一切都揭曉後，當初看似不可思議的展開，卻又變得合情合理了。

然後，當所有真相都揭曉後，整部作品裡也不存在任何超展開了，剩下的只有以伏筆為引、逐漸形成的「必然」。

所以說，當初咖啡想寫的東西，既是超展開，也不是超展開。

這是咖啡在湖邊觀雨悟出的道理，當時我見雨水滴進湖裡，在激起陣陣漣漪後，融入了湖水中，雙方再也分不清彼此

雨水與湖水，原本是不同的東西，在接觸過後，雨水是湖水了，湖水也是雨水了……但它們，也不再是原本純粹的雨水跟湖水。

當時似懂非懂的咖啡，懷抱著模模糊糊的構想，逐漸進行嘗試。

然而，這需要足夠的篇幅去鋪陳，當初咖啡無法預料《在座有病》能否取得足夠的集數，但我依舊把所有的精力都押在這部作品上，去駕馭這頭幾乎難以控制的寫作怪獸。

咖啡始終相信——世界上沒有無聊的故事。每個故事在作者心中成形時，都是一百分的，但是依據寫作者的功力差別，這個一百分將會不斷遞減，甚至成為負數。

《在座有病》也是如此。

因此，我很希望自己能把《在座有病》寫得好一些，至少達到自己心目中的及格分數。

在幾個月前，已經有讀者推理出幾乎所有的伏筆，咖啡非常吃驚，但也很高

興，代表這些劇情是可以被預見的，是合乎情理的。

感謝大家的支持，咖啡今後也會繼續加油，努力把書寫得更好。

如果可以的話，以後也請多多指教了。

……

後記的最後，必須對編輯陳兄致上一百二十萬分的謝意。在撰寫《有病5》的時候，咖啡的寫作速度不如預期，替陳兄增加了不少麻煩，咖啡深深地感到抱歉，也非常感激他的付出。

還有為人親切的繪師手刀葉，一直在替《在座有病》提供精美的插畫，咖啡也得對她致上謝意。

其他尖端出版的員工們也替這本書付出了許多心血，《在座有病》是大家齊心協力才能產生的結晶，謝謝你們。

那麼，我們下一集再見。

甜咖啡

在座寫輕小說的各位，全都有病

浮文字

# 在座寫輕小說的各位，全都有病5

著　　者／甜咖啡
封面插畫／手刀葉
國際版權／黃令歡、梁名儀
榮譽發行人／黃鎮隆
美術總監／沙雲佩
內文排版／謝青秀
總 經 理／陳君平
美術編輯／方品舒
協　　理／洪琇菁
執行編輯／曾鈺淳
總 編 輯／呂尚燁
企劃宣傳／楊玉如、洪國瑋

出　　版／城邦文化事業股份有限公司 尖端出版
台北市中山區民生東路二段一四一號十樓
電話：（〇二）二五〇〇—七六〇〇
傳真：（〇二）二五〇〇—二六八三
E-mail：7novels@mail2.spp.com.tw

發　　行／英屬蓋曼群島商家庭傳媒股份有限公司城邦分公司　尖端出版
台北市中山區民生東路二段一四一號十樓
電話：（〇二）二五〇〇—七六〇〇（代表號）
傳真：（〇二）二五〇〇—一九七九

中彰投以北經銷／楨彥有限公司（含宜花東）
電話：（〇二）八九一九—三三六九
傳真：（〇二）八九一四—五五二四

雲嘉經銷／智豐圖書有限公司　嘉義公司
電話：（〇五）二三三—三八五二
傳真：（〇五）二三三—三八六三
客服專線：〇八〇〇—〇二八—〇二八

南部經銷／智豐圖書有限公司　高雄公司
電話：（〇七）三七三—〇〇七九
傳真：（〇七）三七三—〇〇八七

香港經銷／一代匯集
香港九龍旺角塘尾道六十四號龍駒企業大廈十樓B&D室
電話：（八五二）二七八三—八一〇二
傳真：（八五二）二七八二—一五二九

新馬經銷／城邦（馬新）出版集團Cite（M）Sdn. Bhd.
E-mail：cite@cite.com.my

法律顧問／王子文律師　元禾法律事務所
台北市羅斯福路三段三十七號十五樓

二〇一七年二月一版一刷
二〇二一年十月一版六刷



■中文版■

**郵購注意事項：**
1. 填妥劃撥單資料：帳號：50003021戶名：英屬蓋曼群島商家庭傳媒(股)公司城邦分公司。2. 通信欄內註明訂購書名與冊數。3. 劃撥金額低於500元，請加附掛號郵資50元。如劃撥日起 10～14日，仍未收到書時，請洽劃撥組。劃撥專線TEL：(03) 312-4212 ・ FAX：(03) 322-4621。E-mail：marketing@spp.com.tw

**國家圖書館出版品預行編目資料**

在座寫輕小說的各位，全都有病5 / 甜咖啡 作.
—初版. —臺北市：尖端出版, 2017.2
冊 ; 公分
ISBN 978-957-10-7157-2(平裝)

857.7　　105002461